且行且吟　履职屐痕　岁月抒怀　诗书传家

行吟录

桂维民 著

陕西新华出版传媒集团
陕西人民出版社

图书在版编目（CIP）数据

行吟录 / 桂维民著. — 西安：陕西人民出版社，2016

ISBN 978-7-224-11807-0

Ⅰ. ①行… Ⅱ. ①桂… Ⅲ. ①诗集－中国－当代 Ⅳ. ①I227

中国版本图书馆CIP数据核字(2016)第015675号

行吟录

作　　者	桂维民
出版发行	陕西新华出版传媒集团　陕西人民出版社 （西安北大街147号　邮编：710003）

印　　刷	中煤地西安地图制印有限公司
开　　本	889mm×1194mm　16开　16印张
字　　数	148千字
版　　次	2016年1月第1版　2016年9月第2次印刷
书　　号	ISBN 978-7-224-11807-0
定　　价	45.00元

行吟录

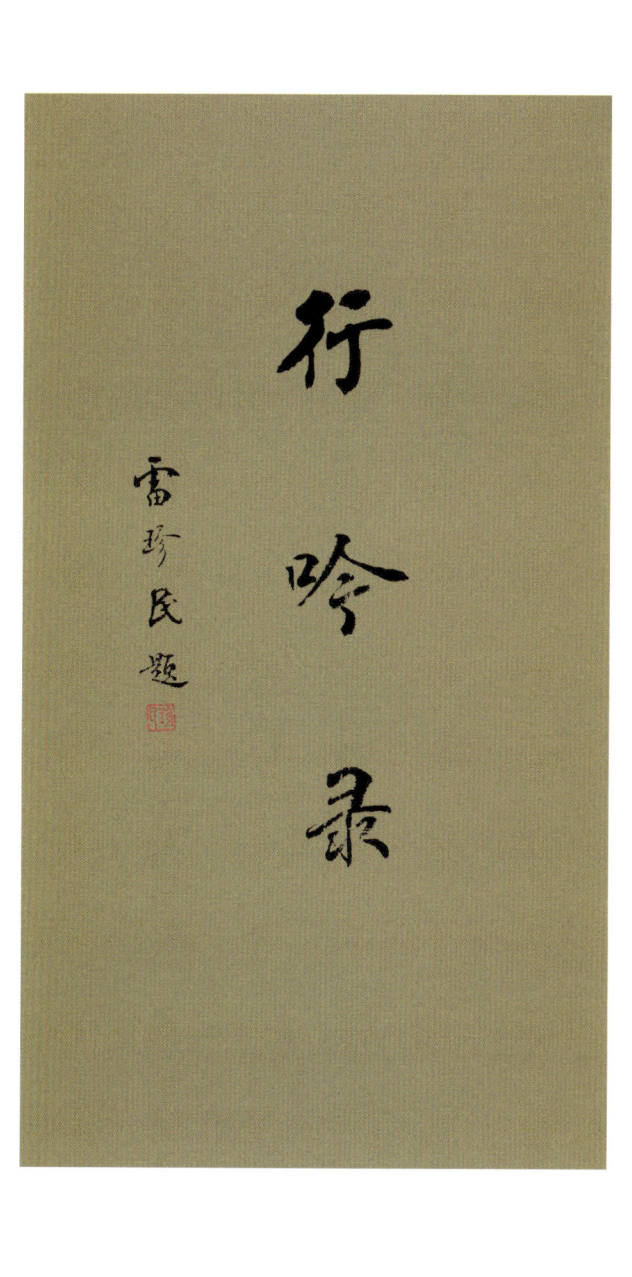

雷珍民题

序

张勃兴

寄情山水且行吟

　　我和维民同志均系国防工业战线上的老兵，他在二机部的五二四厂工作，而我在五机部的八五三厂与八四四厂，我们都为国防工业建设做了一些工作。此外，还有一个共同点，就是都爱好古典诗词，所以他让我为其《行吟录》写序，我十分高兴地应允了。

　　工人出身的他20多岁就当上了车间主任、厂团委书记和厂党委宣传部长，后被调到省国防工办任宣传处长。他把自己的青春年华都奉献给了我国的国防工业。20世纪90年代，他在西安市政府、市委工作，经历了改革开放、经济建设和社会发展的历史进程。后来又在省委副秘书长、办公厅主任和省人大常委会秘书长的岗位上耕耘了11个春秋。

　　他退居二线后受聘为省政府参事，在完成多项调查研究工作中，利用闲暇时间游走多地，得遂寄情山水之夙愿，放眼祖国的大好河山，感受大自然的神奇魅力。在旅行中，他不仅领略山水之钟灵毓秀，还留心寻访历代文人骚客的展痕，赋诗填词。他所采用的诗体严格把握格律等规范，而词与散曲则多用大家所熟悉之词牌和曲牌，在内容方面涉猎广泛，丰富多彩，吟诵起来朗朗上口，还有几篇词赋散文也写得很好。

他曾多次行进在大西北丝绸之路经济带上，所看到的不再是"西出阳关无故人"的苍凉景象，而是欣欣向荣的秀美山川、奔流不息的大江大河、一望无际的辽阔草原、鬼斧神工的崖壁险峰、变幻无穷的雪域高原等，更有走向现代化的多种视觉景观……这些不仅使他感受到大自然原生态及其蕴含的人生哲理，而且引发了重圆丝路之梦的遐想。

"诗言志，歌咏言。"作者这些信手拈来的诗句，虽是他在祖国大地行程中特别是在丝绸之路上边走边吟的自娱之作，但却同时昭示着人们：身在旅途，且行且思，只有心系山水，怡情养性，才能更好地感悟多彩的人生，去创造属于自己的美好生活！

（张勃兴，中共陕西省委原书记、中华诗词学会和中国散曲学会顾问、陕西省诗词学会和陕西省老年诗词学会名誉会长）

序

肖云儒

创造人生　行吟人生
——说桂维民诗词

维民是三秦一支笔。几十年中，他由市上到省上，由政府、党委到人大，写了不计其数的公文、报告，规划省市发展的蓝图，将经济、文化、社会发展的业绩，汇总、思考、提炼为规律性认识，逐年积累成为这方土地上珍贵的精神矿藏。那正是他自己在诗中感慨的："笔含情，墨含情，伏案灯下拟政声，拳拳民意萦。"他以自己公文写作的成就而荣任全国公文写作学会的会长，此外他还出版了多本应急管理的专著，可以说是对他这些方面写作成果的最好评价。

但很多人都不知道维民还有另一支笔，一支对社会人生感怀抒情、对山川大地审美描摹的笔。也是在几十年中，他用这支笔创作了大量的诗文词赋，抒发着他对生命对工作对亲友的爱，对大地对百姓的爱，读来那么情真意切，那么气韵生动，时不时就拨动了你心弦的共鸣，尤其是"诗书传家"

一卷，还专门辑录了作者先父、妻儿、兄长、弟妹和后辈的诗文，体现了一种崇尚诗书的家风，让我们知道了这位笔杆子的家学渊源和人文由来。两支笔，展示了维民写作的两种能力，维民人生的两道风景、两重情怀。他是一个丰富的人。

每位"笔杆子"面前都铺展着一叠纸，有两支笔的维民面前展开的是两叠纸。一叠铺展于案头，一叠铺展在广袤的大地上——在城市和乡村，在市里、省上和县乡基层，在党委、人大、政府和国防工业战线。他和他的同事，与三秦百姓一道，同甘共苦，砥砺前行，在硕大无边的大地纸张上写出了一篇篇大文章，画出了一幅幅色彩绚丽的图画。又几乎同步地，他会在工作之余，拧开案头的台灯，打开电脑，对自己的人生、对一个时代的生活，作诗的书写、美的升华。社会管理者的责任与情怀，城乡百姓的民生与民瘼，历史风云过隙而逝的絮语，应急突发事件的周到处理，工作新思路的创立与表述；当然还有个人的天伦之情、友朋之谊、屐痕之纪、内省之叹，林林总总，他烙印在大地上独特的人生实践和其中所折射的宏阔的社会实践，经过艺术之光的凝聚，陆续出现于他的诗词作品之中。

一个人，同步享用着实践人生与艺术人生，生命得到了双重实现，人生也享用着多面的乐趣。维民实在是一个幸福的人。

文章乃经国之大业，诗词是生命的歌吟。维民以文章经纬社会的发展，以诗词抒发内心的美善。为政者在"时空"（任期和辖区）上常常是有限的，为文者有时却能以文字所承载的真善美而流布天下，传之久远。维民将一个人的两种活法融为一体——用工作夯实人生，以艺术升华人生，在交相辉映中显示出了诗人精神世界的两重境界。

也许正因为诗人所描绘、歌吟的大多是自己的亲力亲为，艺术的感受和表达常常会冒出独到和新颖来。譬如《龙潭观瀑》前面写"云中竹海锁深湾""难觅潜蛟隐此间"，后面笔锋一转，"步移景换雾如烟，忽见珍珠落玉盘"，由"不见"到"忽见"，在转折中写出美的变化和心的惊喜。又譬如《忆江南·九寨沟》："春色好，姹紫映嫣红。白练数条悬绝壁，碧空万里贯长虹。美在此山中。"一连叠用了紫、红、白、碧以及七彩之虹多种色彩，以画家的笔触画出诗人眼中的春色，真个是春在颜色中。

维民就是这样一个境界开阔深远的人，一个干得痛快、活得艺术，又想得明白的人。

2015年10月2日于秦岭

（肖云儒，著名文化学者、陕西省文联原副主席、中国西部文艺研究会会长、陕西省德艺双馨艺术家）

序

桂维民

追求诗意栖居

我17岁就进了核工业部所属企业当了一名工人，后来从车间主任到团委书记，一路走来，直到后来先后担任中共西安市委常委兼秘书长、中共陕西省委副秘书长兼办公厅主任和省人大常委会秘书长，弹指一挥18年的从政为僚成为我难得的一段人生历练。退居二线担任省政府参事以后，有了闲暇的时间，这才体会到一位哲学大师所说，闲暇是全部人生的唯一本源，幸福存在于闲暇中。确实，拥有了闲暇，可以从容面对客观的一切，做无言的聆听和静观，心灵就回归于平和与本真的状态，走进"独立之精神，自由之思想"，认知也会有新的变化。心灵宁静了，杂念摒弃了，幸福也就来临了。

自从十年多年前拙作《应急决策论》和《应急管理100例》出版后，我时不时应邀去各地做应急专题讲座，并被几所知名大学聘为客座或兼职教授，甚至走进美国哈佛大学讲学。我能走上神圣的大学讲坛，以教师的身份与学生做一番交流，真是一种别样的感受和体验，因而对此十分珍惜。

　　大学之于我，一直是十分神圣的地方。我曾走过十年动乱的文化荒漠，后来虽有幸先后就学于西安交通大学和西北工业大学，但总觉得自己才疏学浅，一直对大学殿堂怀着敬畏之心。诚如清华大学老校长梅贻琦先生所说："所谓大学者，非谓有大楼之谓也，有大师之谓也。"我经常回想起这两所著名大学的老师们的学者风采，闻其授业，常感醍醐灌顶，受益终身。不曾想自己也能走上母校的讲坛，就应急管理这门新型学科发出一点自己的声音，并担任了西北工业大学应急管理研究所所长。对此，中共中央党校的原副校长李书磊曾予以充分肯定，他在为我一本书所作的序中写道："维民丰富的经历能变成学术的材料，学术的氛围与规范又帮助他把自己的思考深化、系统化，这是难得的善缘。""如果领导干部们聚到一起，谈的多是哪一方面学术研究的心得、是最近读书所思，那将会是怎样一种气象？"

　　我在几本应急管理书中，多次引入了美籍华人、著名历史学者唐德刚先生提出的"历史三峡观"。他把先秦以来的中国政治社会制度变迁，分为"封建、帝制与民治"三个大的阶段："从封建转帝制，发生于商鞅与秦皇汉武之间，历时约二百年"；"从帝制转民治则发生于鸦片战争之后"，

"此一转型至少亦非二百年以上难见肤功也。换言之，我民族于近代中国所受之苦难，至少需至下一世纪之中期，方可略见松动。"他认为历史是在"定型—转型—定型"中变迁的，并把这个过程称为"历史三峡期"。这些看法，对实现中国梦的"两个一百年"的目标来说，应该是不无裨益的。

记得著名物理学家李政道先生在一次演讲中指出，宇宙中存在大量的弱粒子、轻粒子，那些人类目前无法看到的宇宙中的"暗物质"约占宇宙总质量的95%以上，"暗能量"是人们已经知晓能量的14倍以上。这给我们一个启示，就是社会科学工作者应该向物理学家学习宇宙观和方法论，不仅要重视现实社会的"强粒子""重粒子"和"正物质""正能量"，而且要善于在社会和人类的精神空间寻觅那些容易被忽视的"弱粒子""轻粒子"和"暗物质""暗能量"。

老子说："知其白，守其黑，为天下式。"我这样理解：所谓"白"，是"有"，是"显"，是"动"，是"器"，是"存在之物"，是已知世界，是形而下的现实的领域；所谓"黑"，是"无"，是"隐"，是"静"，是"退"，是"道"，是"存在"的本原，是未知的世界，是形而上的精神的空间，一如太极阴阳双鱼图，揭示出化生万物的本原。在恃强凌弱、趋炎附势之风日盛的当下，更应关注轻柔、虚弱、隐逸、静谧的元素，这不仅与李政道先生所阐释的宇宙规律相吻合，而且也是道家所追求的一种"知白守黑"的人生大境界。

《老子》第二十八章说："知其白，守其黑，为天下式。为天下式，常德不忒，复归于无极。"这是中国古代哲学中第一次出现"无极"的概念，所谓"无极"的原意大概就是指不可穷尽的"道"。这意思是：虽知道洁白，却安守于昏黑，将成为天下的范式。能成为天下的范式，永恒的德性就不会差失，可重新回归到不可穷尽的真道。太极图就是以一白一黑两条鱼来形象地表达知白守黑的理念，用阴阳轮转、相反相成来阐释万物生成变化之本原的哲理。正如宋代哲学家周敦颐所说："无极而生太极。太极动而生阳，动极而静；静极复动，一动一静，互为其根；分阴分阳，两仪立焉。"

可见，白与黑是形与神、道与器的结合体，无极和太极是相互依存、相互转化的，它是事物的虚实镜像的两面，是阳变阴合、变易圆融的。西方自思想启蒙运动以来，经历了工业革命和科技革命，从机械化到专业化再到精细化，在极大地解放社会生产力的同时，使人类对世界的认识也取得了前所未有的进步。然而，有些人在社会变革的否定之否定之后，在认识论和方法论上常常陷入了"拥白弃黑"的绝对化的陷阱。对待一个事物，往往偏执一端，非此即彼，表现为：只知白、不守黑，只求动、不思静，只重物、不循理，只恃刚、不持柔，只求进、不谦退，只讲斗、不尚和，只愿显、不作隐，只图名、不务实……这样到头来，你会发现有些苦苦追寻的东西，却往往是片面、浅薄、愚妄的，也许这就是当代人遭遇现实困境的根源所在。

当代中国正处在大变革的时代，我们的国家从来没有像今天这样更接近中华民族伟大复兴的目标。当然，越是变革也就越会呈现出一种多元、多样、多彩的景象，如今在价值观念、社会结构、利益格局多元多变之中，"拥白弃黑"的观念仍很盛行，使得社会浮躁、人心焦虑，金钱崇拜、精神迷惘的现象到处可见。

我与许多同龄人一样，"拥白弃黑"的观念曾根深蒂固，只是后来随着年龄渐长、阅历渐深，才发现多年来一些曾被认为是正确的东西，却往往是片面、浅薄的，甚至是违背客观规律的谬误；才觉得有必要从李政道先生所阐释的宇宙观和古人"知白守黑"的哲思中汲取营养，学会反思，更新观念。

老子还有两句话是："知其雄，守其雌，为天下溪"；"知其荣，守其辱，为天下谷"。就是说，深知本性雄强，却守持阴柔，将成为天下所归依的川溪；深知身份荣耀，却安守卑辱的位置，将成为天下所归附的山谷。这是自古以来历代名士的人生诉求，当然也应成为我们个人修为的镜鉴。为此，我把自己的第八本拙作定名为《白与黑》。

每当翻阅近些年来写的书时，我的眼前常会浮现出先严生前殷殷期冀的目光。记得2010年国庆节前，重病之中的父亲在昏迷十来天后，竟然奇迹般地苏醒过来，呼唤着我的名字。老人家在病榻上看到我后，颤巍巍地伸出三根手指。我读懂了他的意思："您是说我的那三本书吧？"父亲欣慰地点点头，轻轻地说了声"好"。身患重病、年过八旬的老父亲，始终默默关心支持着我的研究和写作。当我熬夜赶稿时，老人家会悄悄走进我的书房，给我送来一杯热茶和几块点心，叮嘱我早点休息；每当我的文章见诸报刊、书稿付梓，他总是作为第一个读者，给我许多鼓励和期许。他认为我从事的应急管理研究是于国于民极有意义之事。父亲去世后，我在自己新出的《应急百例警示录》的扉页上特地写上"谨以此书献给我的父亲"，希望这本带着墨香的新书能慰藉先严的在天之灵。

曾经有人这样诗意地概括读书人的情结：庙堂上的理想和驴背上的诗情。如今，我已过了花甲之年，庙堂上的钟鸣已渐行渐远，唯有驴背上的诗情却依然难以割舍。正如德国诗人在《人，诗意地栖居》一诗中所表达的，通过人生艺术化和诗意化的追求，来照耀审美人生的境地。

拙作《行吟录》，记录了我在组织培养下一步步成长起来的历程，也体现了父母的养育教诲和手足的砥砺互勉。当我开始整理这本诗集时，提议将其中一卷命题为"诗书传家"，以收录一脉四世的大家庭所有成员的相关诗文，体现一种家学家风的传承，得到了年近九旬的老母亲和兄长弟妹们的一致赞同和支持。

杜甫诗云："文章千古事，得失寸心知。"写书是颇费心力的事，一旦有了写作的冲动，便寝食不安。每当完成一本书稿才如释重负，就好像一段行旅终于走完了。在我的江南故乡，长长的青石板路上，常见一座座供行人休憩的"凉亭"，五里一短亭，十里一长亭。我还依稀记得童年时进城去，有个地名就叫作"半路凉亭"。这本诗集，就是我人生远足中的一个驿站，它是一种回望、一番回味，也算是用诗性来升华生命的本真，来弥补现实生活的刻板化和碎片化。当年我走进"凉亭"，歇口气后又兴致勃勃地拔腿向前走去，很快发现前面沿途的景色更诱人。此刻，我翻检着这些诗稿，就是想权且借此"十里长亭"，小坐静思，如沐于清风之中，品茗歇息，转身回望来路的景色；然后，伴着家人，邀着友人，继续一起前行，于游历中寄情山水，更好地去品味、享受诗意的人生。

2016年元旦于西安

目录

卷一 | 且行且吟

沁园春·秦陵怀古 | 3
七绝·谒黄帝陵 | 3
诉衷情令·终南怀古 | 4
七绝·谒桥陵 | 4
七绝·壶口观涛 | 5
七绝·秋到宜川 | 5
七绝·仓颉庙 | 6
七绝·镇北台 | 6
浪淘沙·曲阜孔府 | 6
鹧鸪天·登泰山 | 7
七绝·瞻洛川会址 | 7
七绝·到延安 | 7
七绝·南泥湾 | 8
七绝·南湖三吟 | 8
七绝·夜游三峡四韵 | 9
七绝·长江行 | 10
七绝·登净业寺 | 10
念奴娇·马嵬驿 | 11
水调歌头·茂陵怀古 | 11
诉衷情令·蓬莱仙境 | 12
七绝·张家界三题 | 12
格律诗·赣北赣中纪行九首 | 14

16	格律诗·八闽诗草六题
19	七律·登三清山
19	七律·访白鹿洞书院
19	七律·游石钟山
20	七绝·游都江堰、青城山四题
21	七绝·登黄鹤楼
21	七绝·蜀南竹海四韵
22	七绝·六棵树下感怀
23	忆江南二首
23	七律·潇湘纪游四题
24	七律·天涯海角
25	七律·龙脊梯田
25	七绝·台湾纪行十咏
28	清平乐·游趵突泉
28	七绝·游沙坡头
28	七绝·敦煌莫高窟
29	七绝·昭君故里
29	十六字令·万里长城
29	七绝·板壁岩
30	七绝·之江行之十七咏
33	七绝·彩云之南十一韵
36	七绝·甘南行吟十二首
41	七绝·拉卜楞寺
41	七绝·桑科草原
41	七绝·贵德纪游四题
43	七绝·北山林场纪游四题
44	清平乐·延安新区行
44	鹧鸪天·再进枣园
44	鹧鸪天·杨家岭抒怀
45	七绝·陇南行
46	浪淘沙·过张骞故里
46	天净沙·秦岭三首
47	七绝·锦官四题
48	七绝·遂宁观音故里
48	七绝·阆中四吟
50	七绝·琳琅山下七咏
51	七绝·恩阳古镇

七绝·途经光雾山 | 52
七绝·达宗圣湖 | 52
七绝·江南纪游廿韵 | 53
七绝·琼海诗草十一题 | 60
七古·祝贺全国陕西英才第十三届会议圆满成功 | 63
踏莎行·感怀和仇兄 | 63
七绝·岭南春行酬友 | 64
七绝·渝湘黔之行 | 68
七绝·丝路行咏六十五首 | 70
八声甘州·谒大佛寺 | 84

卷二 | 履职屐痕

七绝·草拟对外开放六十条感赋 | 87
七绝·棚户区改造有感 | 87
水调歌头·八大工程 | 88
七律·授衔感赋 | 89
七绝·处置"三五闪爆"纪实 | 90
七绝·克林顿访华首抵西安亲见录 | 91
七绝·为西部大开发建言 | 92
七律·黑河引水工程感赋 | 93
七绝·引水纪实 | 93
水调歌头·黑河引水竣工感怀 | 94
水调歌头·高新区咏怀 | 95
五古·咏主题年 | 95
七绝·草拟市党代会报告感怀 | 96
七绝·南院别 | 96
七绝·陕南"六八"洪灾抢险行 | 97
七绝·掠燕湖诗草 | 98
七绝·陪同十一世班禅参访 | 100
忆秦娥·"11·28"陈家山矿难祭 | 100
七绝·抢险途中口占 | 101
七绝·连战访西安纪实 | 101
七绝·宋楚瑜访问西安纪行 | 102
折桂令·进京陈情 | 103
忆江南·北戴河讲学 | 103

3

104 | 采桑子·贺《陕西历史文化百部丛书》出版
105 | 甘州曲·应急管理研究
105 | 相见欢·哈佛谈应急
105 | 相见欢·哈佛访学随感
106 | 竹枝词·扶贫感赋四题
108 | 长相思·起草人大报告
109 | 七绝·建设四型机关
109 | 七绝·探望下派同事
110 | 七律·壬辰感怀
110 | 七绝·龙年新春赠友
111 | 七绝·六十初度
112 | 七绝·和仇中文友
112 | 七绝·抒怀答友人
113 | 天净沙·秦岭生态调研
114 | 七古·全国第十四届公文学术年会感赋
114 | 竹枝词·寄言诸君并答友
115 | 天净沙·《关学文库》在京首发感赋
116 | 浣溪沙·读《关学思想史》有感
117 | 五绝·赞吴福春书中印边界"极地"碑
117 | 甘州曲·情系西部

卷三 | 岁月抒怀

121 | 七绝·中秋夜雨
121 | 七绝·重阳登秦岭
122 | 七绝·博士毕业感赋
122 | 七绝·杭州会友
123 | 竹枝词·夜饮沈家门
123 | 七绝·重阳感怀
123 | 十六字令二首
124 | 七绝·葡萄架下寄怀念
125 | 七绝·读《秋风辞》有感
125 | 七绝·和石松先生
126 | 七绝·无题
127 | 七绝·怀故人
128 | 七绝·次韵和石松先生

忆江南·咏松和石先生 | 129
七绝·和石先生新作 | 129
七律·咏桂答刘军兄 | 130
忆江南·互联网+随感 | 131
鹧鸪天·抗战胜利七十周年感怀 | 132
七绝·贺云儒先生七十五寿辰 | 133
七绝·九三诗社成立志喜兼答诗友 | 133
忆秦娥·津港"八一二"事故反思 | 134
十六字令·抗战胜利七十周年大阅兵 | 134
减字木兰花·答中文兄 | 135
七绝·诗友酬和 | 136
七律·贺王西京先生七十寿辰 | 140
七绝·次韵答友人 | 141
五古·答友人 | 142
五古·乙未重阳赠石松先生 | 145
七绝·读路毓贤先生近作赠诗 | 146
七绝·贺《时代人物》网改版上线 | 151
江城子·海南归来和友人 | 151
格律诗·次韵和盘谷先生 | 152
五律·次韵答衲川君 | 154
清平乐·千岛湖即景 | 154
七律·贺石先生伉俪紫晶婚 | 155
更漏子·步立春词原韵 | 155
醉花阴·清明塬上踏青 | 156
七绝·春节试笔 | 157
七绝·闻江南初雪 | 157
七绝·遥忆故乡 | 158
七绝·贺母校西安交大一百二十周年校庆 | 158
临江仙·咏火凤凰 | 158
浣溪沙·恒光精神 | 159
桃源忆故人·悼陈忠实先生 | 159
醉花阴·马里兰大学毕业季观礼有感 | 160
五绝·和仇兄 | 160
七绝·贺一带一路研究院与西部英才基金成立 | 161
临江仙·忆南湖红船 | 161

卷四 ｜ 诗书传家

一 献 诗

166 ｜ 敬献父亲
168 ｜ 敬献母亲

二 祭 父

172 ｜ 敬挽先父祭文
173 ｜ 辛卯清明祭父文
174 ｜ 先父逝世周年祭文
174 ｜ 壬辰清明祭父文
175 ｜ 显考桂公仙逝二周年祭文
176 ｜ 七古·显考桂公八八冥寿祝诗
176 ｜ 癸巳清明祭父文
177 ｜ 七律·祝先考八九冥寿祭诗
178 ｜ 先父桂公逝世三周年祭诗
179 ｜ 甲午清明祭父文
180 ｜ 七绝·先严九秩冥寿祭
180 ｜ 七律·乙未清明祭父诗
181 ｜ 七古·先父九十周年诞辰纪念献诗
181 ｜ 百字令·丙申清明祭先严

三 酬 和

184 ｜ 说"情"
184 ｜ 七绝·贺民弟进军工厂
185 ｜ 菩萨蛮·贺康、平二弟返西安工作
185 ｜ 十六字令·读家书闻诸弟妹学海起航
186 ｜ 七绝·奉父同登招宝山
186 ｜ 五绝·奉母登山观海
186 ｜ 清平乐·杭州飞西安途中偶成
187 ｜ 七绝·与康弟游骊山
187 ｜ 七绝·和兄登骊山诗
187 ｜ 七绝·赠诸弟妹
188 ｜ 七绝·重游骊山感赋

6

| 五绝·与康弟陪母亲同游外滩 | 189
| 五古·和兄游外滩诗 | 189
| 七律·游黄山 | 189
| 迎马年赠民弟新居春联 | 190
| 七绝·贺三弟五秩初度 | 190
| 七绝·题赠真妹 | 190
| 七绝·乙酉新春题赠诸侄甥 | 191
| 七绝·乙酉元宵呈父母 | 192
| 七绝·贺父母钻石婚 | 192
| 己丑新春为民弟书斋题联补壁 | 193
| 七律·庐山游 | 193
| 七律·和兄游庐山诗 | 193
| 沁园春·六十初度寄诸弟妹 | 194
| 五古·宁波帮博物馆落成典礼感赋 | 194
| 七绝·读史感赋 | 195
| 浪淘沙·乙未中秋和友人 | 195
| 七绝·游绍兴柯岩 | 196
| 七绝·做客九龙湖马拉松赛电视直播 | 196
| 竹枝词·陪母亲治腿疾 | 197
| 竹枝词·赠妻 | 197
| 竹枝词·示儿 | 197
| 竹枝词·答儿 | 198
| 七古·陪慈母健身有感 | 198
| 七古·赠女儿一星 | 198
| 七古·戏说孙儿小橙子 | 199
| 七古·寄语蒋凯贤甥 | 199
| 七古·同学聚会感怀 | 200
| 七古·听雨 | 200
| 七古·游三亚感怀 | 201
| 五古·适逢白露送子远行 | 201
| 七古·西藏纪行 | 202
| 七绝·云集感怀 | 202
| 为子侄辈新婚拟喜联五副 | 203
| 丙申春日慈母九秩寿诞贺联 | 204
| 为孙辈拟贺联四副 | 205
| 竹枝词·怀念先祖 | 206
| 七古·痛忆先祖父 | 206

207 | 竹枝词·长安秋雨感怀
207 | 七古·思乡赋
208 | 七绝·完成博士论文答辩感赋
208 | 五古·父母恩　永世情
209 | 七古·读《看不见的城市》有感
209 | 五古·临别赠母
210 | 竹枝词·励志

四　辞　赋

212 | 珍宝舫序
213 | 镇海赋
216 | 家　书
217 | 郑氏十七房辛卯冬至谢年祭文
217 | 甬江赋
220 | 万里创业二十年记
221 | 江南第一学堂赋
223 | 桂姓赋

五　文　存

232 | 岁月留痕
242 | 关于十六团的回忆
243 | 《我们一家》寄语
246 | 己丑新春家宴记
250 | 我的爷爷
252 | 母亲健身小记
254 | 心系三秦情未了
263 | 挖掘故乡的文化记忆

267 | 后记 | 且行且吟守初心

行吟

卷一 且行且吟

沁园春·秦陵怀古

明月当空,极目江河,木叶满山。忆群雄争霸,金戈铁马;纵横驰骋,逐鹿中原。万鼓齐擂,旌旗招展,横扫东西破百关。挥长策,灭诸侯列国,一统江山。

四方疆域相连,霸天下驱驰达岭南。建秦都宫阙,咸阳立木;竟坑儒士,苛法威严。官道宽舒,长城虽固,可惜王朝数十年。如梦也,阅秦军兵马,尽付荒烟!

七绝·谒黄帝陵

(一)

桥山龙驭五千年,绿水长流忆圣贤。
古柏根深磐石固,悠悠华夏祭轩辕。

(二)

紫气盘旋达九天,炎黄龙脉有渊源。
汉唐气象今犹在,一炷篆香祈国安。

诉衷情令·终南怀古

登临秦岭共遥看,南北两分川。绵绵岁月如梦,沧海变桑田。

人未老,水潺潺,望青天。风云过眼,俯仰人生,情寄河山!

七绝·谒桥陵

(一)

苏愚山里谒桥陵,秦岭迢遥望帝廷。
朱雀欲飞狮虎吼,翁仲解豸古今情。

(二)

依山帝冢势恢宏,神道阙楼太极功。
两让登基开盛世,谦恭孝悌有仁风。

七绝·壶口观涛

（一）

壶口春风伴此游，滚雷飞雪满山沟。
残阳欲坠涛声近，浊浪排空卷激流。

（二）

龙漕十里水奔流，拍岸惊涛动九州。
万丈瀑飞东入海，通天霞彩目中收。

七绝·秋到宜川

（一）

霜重秋深水乍寒，半年三度到宜川。
秋来硕果枝头挂，山涧清泉起紫烟。

（二）

黄河收拢一壶间，飞瀑龙漕卷巨澜。
一曲信天游万壑，道情乡韵久流传。

七绝·仓颉庙

（一）

洛河长润柏参天，仓颉庙堂怀祖先。
华夏千秋文字始，兽形鸟迹首开篇。

（二）

风和雨润百花妍，古柏手栽千世瞻。
记事结绳从此了，九州文字永相传。

七绝·镇北台

初访榆林古战台，南原北漠塞边开。
金戈铁马歼胡虏，几处狼烟逐梦来。

浪淘沙·曲阜孔府

曲径入幽园，古柏参天，圣贤故里万人瞻。沂水春风无觅处，弟子三千。

儒术独尊先，封建江山，悠悠往事数千年。达则济民穷独善，拍遍栏杆！

鹧鸪天·登泰山

　　自古皆称第一山，人文遗产最巍然。云霞托日光千丈，盘古开天功万年。

　　同祭祖，共祈安。帝王霸业尽封禅。遥看不尽长河去，东出朝阳照九寰。

七绝·瞻洛川会址

　　洛川会议转机成，国耻同仇弃内争。
兵谏由兹埋伏笔，隙痕弥合抗东瀛。

七绝·到延安

（一）

　　阳春三月暖延安，再次登临宝塔山。
岭上旌旗犹漫卷，枣园灯火照无眠。

（二）

　　几经转战换新天，岁月悠悠数十年。
水上行舟须慎惧，居安毋忘覆危船。

七绝·南泥湾

（一）

曾是荒凉黑淖潭，虎狼出没少人烟。
伐薪烧炭垦荒地，通力克难衣食安。

（二）

火红岁月忆当年，稻菽遍山羊满川。
还牧退耕多种草，回归生态复天然。

七绝·南湖三吟

（一）

亦幻亦真如彩霓，五龙相遇跃红鲤。
飞舟冲浪听神曲，难悟深玄且忘机。

（二）

南湖烟雨锁瀛洲，伟业宏图正起头。
辟地开天千里路，江山竞秀梦悠悠。

（三）

传承薪火启红舟，寒水潇潇万木秋。
遥望落霞天际舞，残阳如血染山头。

七绝·夜游三峡四韵

（一）

波重浪叠晚风徐，路转峰回夕照余。
小酌相邀三两盏，船翁端上炖鲶鱼。

（二）

夜卧听涛江上行，笛鸣长峡紫光凝。
遥闻唢呐迎亲曲，一路民歌唱爱情。

（三）

山影朦胧客在船，潇潇春雨伴无眠。
流星夜半天边落，汽笛声声过险滩。

（四）

夜航三峡越天梯，船入闸房跨坝堤。
耳畔涛声难入梦，波光灯影亦迷离。

七绝·长江行

（一）

长江大坝锁晴空，浪激珍珠戏白龙。
百舸竖行天上越，电流何日送西东？

（二）

横穿江闸到瞿塘，舟过西陵雨打窗。
忽见巫山辞暗夜，峰头神女捧朝阳。

（三）

遥看白帝少人家，思古只能凭晚霞。
一过夔门迎奉节，大江东望在天涯。

七绝·登净业寺

律宗古寺隐终南，几缕梵音萦晓岚。
翠柳迎春新叶发，禅修自在静心观。

念奴娇·马嵬驿

渔阳鼙鼓,见马蹄正疾,烽烟方烈。肃寂寺中留绮梦,多少欢歌情孽。夜雨纷纷,六军不发,无奈香魂灭。风寒光冷,昔年孤冢霜月。

绝代倾国倾城,几蒙皇宠,起舞惊宫阙。颓势一时难抵挡,怎令师回兵却?迁怨宫妃,玉环何罪,岂掩君昏怯?马嵬遗恨,可怜红粉遭劫!

水调歌头·茂陵怀古

心逐白云远,极目望中原。纵看泾渭东逝,秋水绕长安。驰跃江河山脉,马踏匈奴塞外,西汉越千年。武帝建奇勋,遗迹现鸿篇。

重整翮,凌万顷,上青天。运筹武略,古事为鉴国平安。无数琳池珍宝,万里河山晖曜,锦簇又花团。世代传薪火,除旧启新元!

诉衷情令·蓬莱仙境

当年千里到山东,仙境觅龙宫。瀛洲一片晨雾,身置此山中。

千仞壁,似飞来,阁凌空。海滩潮落,何觅八仙,且作渔翁。

七绝·张家界三题

黄石寨

(一)

潇潇雨歇早春时,此地今游梦久思。
飞跃车驱黄石寨,云天遥望雁来迟。

(二)

探月神龟上旷台,武陵苍翠入怀来。
六奇亭外群山碧,幽谷云浮雪浪开。

金鞭溪

（一）

移步山中草木萋，金鞭溪涧漾涟漪。
猕猴出没相欢逐，花果仙山已忘机。

（二）

神鹰护法醉僧奇，救母劈山情不移。
水转峰回人未老，逍遥此旅最神怡。

黄龙洞

（一）

曲径通幽到洞中，玄机藏匿在高峰。
河经地下穿山过，欲上云梯探月宫。

（二）

定海神针立此中，冰凝宝座看青松。
迷离钟乳呈奇景，面壁犹闻夜半钟。

格律诗·赣北赣中纪行九首

七绝·龙潭观瀑

（一）

十八瀑流悬翠山，云中竹海锁深湾。
激湍飞泻龙潭里，难觅潜蛟隐此间。

（二）

步移景换雾如烟，忽见珍珠落玉盘。
仙女翩翩来起舞，几重翠色掩云岚。

七绝·初上井冈山

（一）

秋风送爽正初霜，久欲凌云上井冈。
星火燎原成大业，青青方竹意悠长。

（二）

黄洋界上映山红，五指峰边侧柏丛。
重走当年先烈路，江山如画入胸中。

七绝·登滕王阁

（一）

名阁登临举目观，喜迎宾客水流丹。
名篇佳句传千古，遥望江天一色间。

（二）

江上落霞孤鹜飞，河山依旧古今非。
诗文百代思忧患，一样情怀岁月追。

（三）

鸾凤和鸣画蝶春，当年文采待才人。
楼高渚迥江山美，酒熟诗成雨卷云。

五律·游婺源

李坑乡居

香樟满翠丘，竹筏水中游。
绿树青藤壁，高墙黛瓦楼。
寂清深宅院，逸乐小兰舟。
淡泊明心志，神怡意更悠。

婺源江湾

慕名临此地，两马古乡村。
幽渺三春景，沧桑百岁人。
婺源香火旺，故里挚情深。
千载曾相识，宗祠谱有痕。

格律诗·八闽诗草六题

七绝·鼓浪屿

（一）

鹭江环绕碧连天，鼓浪屿边观远帆。
熠熠明珠西岸耀，金门遥望盼团圆。

（二）

追慕先贤忆郑公，日光岩下颂英雄。
韵迷琴岛随波荡，海上花园绿映红。

七绝·大嶝岛随感

（一）

运目金门涌浪涛，曾闻海峡炮声啸。
相逢一笑恩仇泯，际会风云共早潮。

（二）

累累弹痕思昔年，英雄岛上起硝烟。
云消沧海生明月，只盼归帆挂碧天。

七绝·夜观印象大红袍

（一）

电闪雷鸣雨洗峰，山庄窗外有泉声。
与仙同乐生奇趣，茶道琴心伴旅程。

（二）

夜观印象大红袍，碧水丹山且细描。
白马鹤形如梦幻，心神旷达意逍遥。

七绝·品茶

（一）

九龙窠里说明朝，三簇六株乔木高。
茶救状元传故事，谢恩为树穿红袍。

（二）

贡茶世代美名传，论道品茗同悟禅。
且去胸中浮躁气，人生百味一壶间。

七律·登天游峰

水中赏岳景多娇，山里听泉涌似潮。
云漫清溪秋正爽，竹藏雾海节犹高。
紫阳飞瀑闻仙曲，珠雨垂帘掩古桥。
登顶遥瞻群岭远，流霞千里舞红绡。

七律·九曲竹筏

溪流九曲绕山间，三十六川十八湾。
人在画中云欲雨，槎行水上雾遮帆。
卧龙潭里通幽谷，玉女峰头现秀颜。
动静相宜寻智者，武夷彭祖已成仙。

七律·登三清山

三清层岭醉金秋，奇景群峰一线收。
慈善观音仙曲动，婀娜神女巨蛇游。
千峦林海钟灵秀，百眼泉源汇瀑流。
归去来兮云漫漫，大江西望意方休。

七律·访白鹿洞书院

庐山云起雾连绵，烟雨蒙蒙掩史篇。
白鹿书声传理学，紫阳神韵忆先贤。
百年翰墨清池水，万亩杜鹃红土岩。
昔日风流何处觅，馨芳丹桂满秋园。

七律·游石钟山

亭下遥观有赤峰，临崖眺望水波横。
鸡鸣三省惊千寨，钟响漫山动半城。
李渤陋闻成定说，东坡亲历辨真情。
世存碑记昭忠烈，锁钥咽喉镌史名。

七绝·游都江堰、青城山四题

江　堰

李家父子筑离堆，千载奇功众口碑。
截角抽心随水势，堰渠润泽蜀田肥。

凌　霄

深幽涵碧树葱茏，传道何寻白发翁。
百级丹梯登此阁，青城一览万山红。

玄　机

一片幽篁隐卧龙，玄机妙语数言通。
奇观云海千山远，大道无涯在顶峰。

月　湖

栈道回廊碧水环，泛舟镜泊月湖间。
轻波荡漾摇云影，飞索登台览翠山。

七绝·登黄鹤楼

（一）

楚天极目独登楼，九派溶溶汉水流。
骚客文人无觅处，千秋歌赋梦悠悠。

（二）

龟蛇负鹤水云间，丹顶飞来集塔尖。
帆映虹霓连翠岭，鸣钟铸鼎庆千年。

七绝·蜀南竹海四韵

竹　瀑

翠竹千竿蜀地栽，江安飞瀑自天来。
碧波百叠秋声近，白练悬空雾里开。

竹　缘

楠竹如云满万山，风摇叶动抚琴弦。
青山踏遍寻幽篁，独爱此君情有缘。

竹　梦

翠岭绵延百丈岩，竹林幽径望无边。
忘忧谷里闻啼鸟，雨霁霞飞梦似烟。

竹　韵

烟霞笼罩顶峰间，赏尽竹林思七贤。
碧水环山云雾里，品茶索句赛神仙。

七绝·六棵树下感怀

（一）

瓦舍坐东朝正西，幽篁几处掩晨曦。
乡音未改怀天下，点化神州处处奇。

（二）

亲赠乡居树六株，离家虽久忆田庐。
三番起落潮头立，际会风云德不孤。

注：邓小平故居是一座独具川东风情的农家三合院，古朴典雅，三个错落有致的斜坡屋面，仿佛暗寓着他一生三起三落的不凡经历。邓小平倡导的改革开放，开启了中国的一个新时代。他自从15岁离开家乡，一直没有回去过，生前特意将白玉兰、紫藤、丁香、石榴、紫杉和连翘这六棵树，从北京的住宅移栽

于家乡旧居，以寄托他对故乡的眷恋。他的铜像就是以回家为主题，反映他作为人民的儿子，深深爱着家乡和祖国的山山水水。

忆江南二首

东钱湖

春光好，湖水掠飞鹰。满地野花迷小草，当空晴日醉微风。故土引乡情。

九寨沟

春色好，姹紫映嫣红。白练数条悬绝壁，碧天万里贯长虹。美在此山中。

七律·潇湘纪游四题

瞻仰韶山

韶山耸翠御清风，有凤来仪伴笛声。
滴水洞前寻旧迹，龙泉潭里映奇峰。
蛟龙出水英雄志，赑屃埋蒿垂世功。
光照江河昭日月，锤镰高举为工农。

访花明楼

百里驱车坎坷多，雾开云散起悲歌。
花明楼外孤松岗，炭子冲头曲水河。
建国有方凭执着，回天无计叹蹉跎。
陷身囹圄何人问，毁誉十年逐逝波。

南岳衡山

十里衡山古刹奇，祝融峰顶白云低。
雾淞翠岭炊烟起，幽谷清溪石径迷。
四极香萦闻梵曲，八方烛照映虹霓。
民安国泰为仁政，人寿家和立二仪。

岳麓书院

慕名岳麓仰高台，学府千年聚楚才。
经世济民知往昔，图新通变启将来。
几重幽壑枫林晚，一管宏毫雾幛开。
犹忆春江花月夜，秋荷池畔独徘徊。

七律·天涯海角

同登马岭椰林游，一柱南天到尽头。
海角惊涛迎涌浪，云涯遥目送飞鸥。
归帆若雾随风去，往事如烟入梦留。
潮退时分观碣石，眼前万顷碧波流。

七律·龙脊梯田

层层叠叠到峰巅,遥望夕岚萦此间。
一路林泉闻犬吠,几家壮寨起炊烟。
填沟移石河山改,种稻栽莲饮食安。
何慕陶翁无觅处,身居仙境乐耕田。

七绝·台湾纪行十咏

  台湾是祖国东南海上的一颗璀璨明珠。几百万年前的地壳运动,使连接大陆的山川沉入海底,遂与台湾隔海峡相望。台湾有文字记载的历史可以追溯到公元230年,吴王孙权曾派1万官兵到达那里,史称夷洲、琉球。16世纪以来,宝岛曾先后被西方列强和日本侵占。二战结束后,台湾光复。继因人为因素,台湾如游子与大陆母亲隔海相望。2009年,我随陕西省文化交流访问团第一次踏上这块美丽的土地,即以短诗记录了所见所闻所感。

日月潭

重峦耸翠碧波清,山寺钟声岁岁鸣。
日月半湖闻古乐,只缘白鹿喜倾听。

  注:相传日月潭的发现归功于一只白鹿对高山族先民的引领,这里的山民每当小米播种后都会唱八部合音的歌谣祈求丰收,这种无词的半音阶唱法,列入了世界人类文化遗产。

野柳公园

峭岩风化矗如林，怪石奇礁对海滨。
含笑女王形最肖，碧波白浪满胸襟。

垦丁国家公园

滴翠雨林环海生，贝砂滩上赏风铃。
遥看塔立鹅銮鼻，雨后飞虹夕照明。

佛光山

远眺佛光山在前，中台禅寺殿庄严。
诵经手把菩提子，心悟真言水映莲。

台北故宫

久闻台北故宫名，奇宝异珍精彩呈。
幸有周君来做伴，毛公宝鼎辨分明。

注：周君，台湾故宫博物院院长周功鑫先生。

大千故居

摩耶精舍谒梅丘，松竹绕庭逢故友。
西毕东张皆巨匠，大千翰墨竞风流。

注：摩耶精舍是张大千在台湾亲自设计兴造的四

合院式的故居,摩耶之名有大千世界之意。从前院、中庭到后园,约2000平方米,以松柏梅榉各种盆栽为多。客厅墙上有张大千与毕加索的合影,世有"东张西毕"之谓,反映了两人比肩艺术巅峰。舍内的摆设一如既往,纸墨笔砚俱陈,仿佛等待着主人归来。后花园的一块形似台湾的巨石,题刻着"梅丘"二字,大师就长眠于此。

慈湖陵寝

蒋公灵柩厝桃园,梦里故乡魂魄牵。
一世雄心情未了,几多雕像伴长眠。

拜会连宋

长安一别五春秋,促膝会谈情未休。
两岸破冰弥足贵,何时浪静共兰舟?

注:"连宋"即中国国民党荣誉主席连战、中国亲民党主席宋楚瑜。

以文会友

名家泼墨喜挥毫,书画传情兴会高。
并蒂花开皆重彩,旗亭画壁笑如潮。

别一○一

高厦独标摩九天,中西合璧出新颜。
瞬间登顶云亦近,挥手辞行意未阑。

清平乐·游趵突泉

大明湖畔,信步来游览。玉涌雪涛迷醉眼,漱玉波光璀璨。

静观鱼戏悠悠,闲来独上琼楼。更喜心中无碍,犹如清澈泉流。

七绝·游沙坡头

(一)

风吹尘起路迢迢,枯木莽原孤影摇。
日落远山烟霭里,苍茫沙海泛波涛。

(二)

凌空滑索渡长河,皮筏漂流涉浪波。
大漠无涯腾格里,驼铃过处尽高歌。

七绝·敦煌莫高窟

古道驼铃入耳边,一声羌笛月牙泉。
灵岩彩塑荷心美,千载飞天到眼前。

七绝·昭君故里

（一）

香溪河畔稻花村，佳丽几多宫院深。
轻抚琵琶杨柳曲，千秋垂泽念昭君。

（二）

明妃出塞去和亲，莽莽草原无故人。
落雁美人何处觅，今来青冢祭芳魂。

十六字令·万里长城

城，万里绵延起鼓声。风萧瑟，晓月映边烽。

七绝·板壁岩

（一）

古柏冷杉云影中，风吹草伏杜鹃红，
石林耸立观奇景，板壁崖头鬼斧工。

（二）

丛山峻岭对啼猿，车马依然闹市喧。
传说野人何觅处，高崖深涧梦芳园。

七绝·之江行之十七咏

橘　园

青山凝翠好风光，万点朱红木叶黄。
齿颊留芳尝早橘，乡音入耳意犹长。

南长城

抗倭海上筑雄关，横亘绵延绕固山。
威震八方迎戚帅，长城挺立镇东南。

灵　湖

灵湖一鉴映云岚，宝塔依山枕水边。
天籁有声闻鸟语，芬芳迟桂沁心甜。

国清寺

樟柏千年掩翠屏，国清古寺梵钟鸣。
隋梅树下寻寒拾，妙法莲花诵佛经。

注：寒拾，唐代诗僧寒山和拾得的并称。

石梁飞瀑

龙脊横穿两壑间，石梁飞瀑卷珠帘。
法华晨色心相印，碧水幽深映翠山。

桃渚古城

桃渚古城烽火连，壮怀戚帅气冲天。
雄关铁炮驱倭寇，慷慨悲歌五百年。

头门港

一桥飞架跃青山，岛外碧波接海天。
塔吊如林挥铁臂，千舟竞发举征帆。

大陈岛

裂岸惊涛巨石孤，一江山岛赛明珠。
硝烟散去恩仇泯，更祈波平海峡途。

神仙居

天鸡迎客上云梯，身置仙居舞彩霓。
龙瀑微澜崖滴翠，观音降福现朝曦。

夜游瓯江

二川奔涌汇瓯江，灯映高桥溢彩光。
万象山麓闻笑语，应星楼上梦还乡。

鼎湖峰

冲天一石鼎湖峰，黄帝炼丹曾驭龙。
今访仙都寻桂子，翠岚云影醉秋风。

青田石刻

神工斫石玉生烟，细镂精雕艺最专。
匠以乡名飘过海，华侨故里数青田。

遂昌金矿

江南金矿始初唐，遗址深幽隧洞长。
万历石崩湮没久，只缘汤令为民伤！

注：万历二十五年（1597），时任遂昌县令汤显祖不满朝廷矿政暴虐，作诗讽谏，遂辞官归乡。一年后，"石崩，毙百人"，矿遂废。

西溪湿地

驻足回桥鸟语欢，蒹葭滴露指青天。
倚栏更觉林幽静，碧水澄心人最闲。

古镇夜景

丽江古镇曲桥长，瓦舍霓虹映水旁。
聚散星云歌未歇，纳西流韵乐飞扬。

百年木府

木府风云众望孚，丽如宫室古今无。
闲来心事思家国，天雨流芳去读书。

注：徐霞客赞木府曰："宫室之丽，拟于王府。"木氏以"知诗书好礼守义"著称当时；木府牌坊上书"天雨流芳"，乃纳西语"读书去"之谐音。

民乐鼓手

佳丽霓裳笑语盈，纳西古乐奏新声。
且听七彩云南曲，鼓点传魂百鸟鸣。

玉龙雪山

远眺雪峰山势弘，当年登顶赏奇峰。
冰川不化长相守，共祷天人佑玉龙。

七绝·甘南行吟十二首

玛曲首湾

黄河九曲首湾奇,飞鹭争霞芳草萋。
太极神图流水去,碧空澄澈白云低。

尕海湖

一脉迢遥入圣湖,远山倒影缀明珠。
声声笑语惊鸥鸟,处处鲜花入画图。

郎木寺

白龙江峡有奇峰,郎木寺中闻鼓声。
两省壁龛传梵乐,东方瑞士送和风。

锅庄之乡

围圈起舞步从容,碌曲锅庄鼓乐雄。
剽悍踏跨兼甩臂,由来狂放气如虹。

阿万仓湿地

九色甘南六月天,云如哈达绕高原。
放歌湿地惊飞鸟,遍地牛羊骏马欢。

则岔石林

异石奇峰鬼斧工，长河碧水出山中。
剑光耀日开天地，格萨尔王豪气雄。

米拉日巴佛阁

高阁巍巍有九层，奉香礼佛共传承。
修成拙火为尊者，一曲梵音同诵经。

雨后彩虹

天降甘霖润草丛，云开日出照苍穹。
人间六月甘南美，雨后双虹贯碧空。

腊子口

红军转战出奇兵，突破重围腊子峰。
北上征途多险阻，雄关决胜镌英名。

扎尕纳藏寨

远山起伏好风徐，遍地牛羊六畜腴。
藏寨歌声萦白塔，经幡飞舞乐安居。

灾后舟曲

石破山崩毁百村，泥流汹涌夜惊魂。
驰援重建真情在，大爱人间似海恩。

兄弟情深

酥油茶美藏粑香，斟酒盈杯话短长。
哈达情深同祝福，格桑花艳绽芬芳。

注：多年前，我坐车去拉卜楞寺，曾路过广袤的甘南高原。当时行色匆匆，对甘南的印象，除了金碧辉煌的殿堂、寺院里神秘的转经筒以及一路上三叩九拜的信众，基本上没有留下什么深刻的印象。2005年我看到美国最权威的旅游杂志《视野》《探险》的文章，称中国的甘南是"让生命感受自由"的地方，被评为世界50个户外天堂之一。方知这里拥有世界上最大的绿色峡谷群、亚洲最好的天然草场、中国最美的湿地、原生态的藏文化的"活化石"等等。从此，我就一直希望有一天能走进九色甘南这个放飞自由的人间天堂。

2015年夏天，西安的气温飙升到三十七八摄氏度，我与几位朋友相约，走进西部考察"一带一路"的发展商机，从黄土高原驱车进入青藏高原的东部，寻访传说中格萨尔王的故乡。在甘南的藏族朋友扎西老弟的陪同下，我们行进在甘南大地，让心灵自由地释放于阳光、蓝天、草场、高山之间……从母亲河的源头，到离太阳最近的高原，处处风光无限，充满了诗情画意。于是，隐藏在内心的那份久违的诗情抬起头来，我便寻词觅句，以手机代纸笔，沿途记录下所见所感，凑成了这组且行且吟的绝句。

其一，玛曲首湾。玛曲县位于甘南藏族自治州的西南部，是甘川青三省交界处。"玛曲"在藏语里是黄河的意思，也是我国唯一以黄河命名的县。发源于青海的黄河一路向东，在玛曲境内形成了400多千米的第一湾。这里草原植被良好，地表水十分丰富，形成黄河首曲最大的一块草原湿地，被称为亚洲一号天然草场。蓝天白云下成千上万的牛羊在牧场上吃草。夕阳西下，万道金光洒在绿色的草场上，勾画出一条S状的金色项链，就像一幅阴阳太极图。晴空万里，飞鹭和落霞齐飞，景色如画。

其二，尕海湖。碌曲境内的尕海湖，位于海拔3500米左右的高原上，面积近4平方千米。湖面呈椭圆形，是甘肃省最大的高原湖泊。每当大地回暖，一群群黑颈鹤、白天鹅、绿翅鸭等珍禽就来到了这个"候鸟王国"。站在6月的尕海湖边，白云下的山水秀美，碧草如茵，鲜花竞放，宛若人间仙境。

其三，郎木寺。郎木寺位于碌曲县西南，是甘川两省的交界处，这里的山石很奇特，甘肃这边是红色的，四川那边全是灰白色的。郎木寺旁全都是绿色的湿地，这正是白龙江的源头。在这汩汩溪流中穿行，一街之隔就是四川了。创建于1748年的郎木古刹尤显神秘与灵秀。寺庙的钟声与阿訇的祈祷相得益彰，祥和安谧。这里被中外游客誉为"中国的小瑞士"。

其四，锅庄之乡。碌曲是中国的锅庄之乡，这里的男女老少，都特别喜欢跳锅庄。那天，看到一群机关干部和医院护士正在排练锅庄舞，准备参加县里的千人锅庄大赛。听说每逢喜庆佳节，碌曲的男女老少就围绕成圈，伴随着激越而欢快的鼓乐，跨腿踏步甩臂，美妙的歌声和狂欢剽悍的舞姿，尽显安多儿女的豪放之情！

其五，阿万仓湿地。阿万仓有玛曲最典型的沼泽、湿地和湖泊，洁白的云朵像一条条哈达一样，缠绕在弯弯曲曲的溪流上。风吹草低，牛羊遍野。星星点点的藏民帐房旁，马嘶犬吠，惊起一群正在嬉戏觅食的鹭鹤和鸫雀。夕阳下炊烟袅袅，酥油茶飘香，太平盛世的景象令人赞叹。

其六，则岔石林。这里是造山运动上升并经流水风雨侵蚀而形成的石灰岩景观，也是青藏高原上大面积遗存的唯一天然石林。走进石林，满目奇峰异石，岩壁峭立，特别是峡臂蹄印、青天一线等景点引人注目。人们发挥想象，把奇异山景与藏族英雄格萨尔王东征西战、驰骋疆场的许多传奇故事联系起来。于是，大自然的神奇与英雄史诗的壮丽，留给游人无限遐想。

其七，米拉日巴佛阁。佛阁内主要供奉着安多藏区群众最崇拜的米拉日巴佛。据说，米拉日巴年轻时在山洞里苦苦修行，终于修成"拙火定"正果，成为教派的尊者。九层阁建筑金碧辉煌，气势恢宏，有各类佛像1700多尊，以及各种反映佛教内容的巨幅壁画。常年有许多住寺喇嘛到此弘法修身，供奉佛祖。转动的经轮，摇曳的幡旌，营造出一片远离世俗的梵天净土。

其八，雨后彩虹。6月的甘南大地色彩瑰丽，常常是一日三季，说风来雨，转眼间又是晴空万里，彩云翻飞。短短两天里，我竟然两次遇到雨后彩虹，更神奇的是彩虹都是双层三层的，如幻如梦，绚丽夺目，令人击掌叫绝！

其九，腊子口。1935年中国工农红军突破天险腊子口，开启了胜利北上到延安的征程。走近腊子口，百丈悬崖下当年神兵突围的战斗场面历历在目。今天，肃立在杨成武将军题名的腊子口战役纪念碑前，仿佛听到战士在向后人默默诉说着……

其十，扎尕那藏寨。在藏语里面"扎尕那"是"石匣子"的意思，这里的地形像一座座巨型宫殿建筑群。俊岩俏峰连绵起伏，云雾缭绕的草原上，处处可见肥腴的牛羊。遥望藏寨的水磨飞轮流转不息，经幡飞扬，炊烟袅袅，好一派安居乐业、欣欣向荣的景象！

其十一，灾后舟曲。2010年的8月8日凌晨，一场暴雨袭来，咆哮而下的泥石流突袭舟曲，无数房屋倒塌，一千多生灵被泥石流吞噬，震惊国人。不屈的舟曲，挺起钢铁的脊梁。举国上下，驰援灾区，就像废墟上那朵莲花绽放着人间的慈悲大爱。短短几年，舟曲如同浴火重生的凤凰，展翅翔舞。整齐的街道宽阔通畅，高楼大厦鳞次栉比，灾后的县城展现出新城风貌。

其十二，兄弟情深。此次甘南之旅，多亏了藏族扎西兄弟的导引。扎西已年近花甲，是个英俊豪爽的安多汉子。他下过乡，当过工人，如今是高级检察官。他对甘南的山山水水、一草一木十分熟悉，他热爱这里的每一寸土地。一路上，他不停地介绍着当地的风俗民情和美丽传说，使我们了解到甘南更多的自然人文景观。一路上，他安排我们品尝藏粑、手抓羊肉，喝着酥油茶、青稞酒，唱着藏区的牧歌，使我们感受大美甘南。一路上，谈工作谈家庭谈生活，彼此愈发亲密无间，藏汉兄弟的情谊如同哈达一样洁白无瑕，地久天长。一路走来，草原上到处都盛开的格桑花，就像甘南藏区人民的幸福生活一样，是那么多姿多彩、艳丽芬芳！

七绝·拉卜楞寺

古寺祥云礼佛诚，僧人灯下诵经声。
心怀信仰皆为善，千里清波漾暖风。

七绝·桑科草原

一望青稞百里波，毡房座座绕山坡。
格桑花艳添秋色，万紫千红映夏河。

七绝·贵德纪游四题

七彩峰丛

八方土脉地根连，千古人情本有缘。
炼石补天成赤色，女娲已去仰红山。

注：贵德丹霞地貌以尕让乡阿什贡的七彩峰丛最为著名。这个国家地质公园以丹霞地貌为主体，凸显了土文化的内涵，反映出"土脉绵延根在地，人缘千古情为源"的主题。

黄河奇石

黄河奇石浪冲之，流韵千年咏古诗。
到海方知天地远，心存敬畏感恩时。

碧水黄河

黄河少女展婀娜，云影天光漾碧波。
风转水车连水道，清流一路尽欢歌。

注：贵德位于黄河的第一阶梯，碧波荡漾，绿树成荫，人们称之为黄河的"少女时代"，时任国务院副总理钱其琛来此视察时，曾欣然挥毫题曰："天下黄河贵德清。"

登福运轮

金轮福运诵真言，莲座水浮对远山。
祈愿天人同感应，年年岁岁保平安。

注：中华福运轮为高27米、直径10米的转经筒，被列入吉尼斯纪录世界之最。它靠黄河潺潺流水推动。经轮顶端法幢上塑有忏悔所向的35尊佛像，上有金刚浮雕和梵文六字真言，下有随佛的六大菩萨。因福运轮内藏2300册甘珠尔，每转一圈相当于念诵200遍甘珠尔之功德。人们为之手抚福运轮转圈祈福，共祝国泰民安。

七绝·北山林场纪游四题

油菜花海

菜花遍地映朝晖，云舞山间彩蝶飞。
丽日轻风春似海，芸苔灼灼尽芳菲。

达坂山

曲折青龙十二盘，风光旖旎鸟飞还。
云舒云卷千峰翠，健步同登达坂山。

胡勒瀑布

一帘飞瀑挂悬崖，珠落玉盘蒸彩霞。
依势入湖无处觅，微澜碧水浣轻纱。

林中野餐

清幽山涧鸟啼空，林地野炊情趣浓。
六月正当风送爽，采莓扑蝶水叮咚。

注：互助县北山林场，是青海省唯一的以森林自然景观为主的生态公园。它处于黄土高原向青藏高原的过渡地带，海拔2100米到4300米，是新生代喜马拉雅山造山运动形成的高原，林区险峰耸立，峡谷水流湍急，处处景色旖旎。

清平乐·延安新区行

　　填沟削峁，现代愚公好。不懈挖山君莫笑，咫尺良田是宝。

　　凝神聚力攀登。今朝志在高峰。告慰老区先辈，心怀梦想飞腾。

鹧鸪天·再进枣园

　　绿树葱茏草似茵，清清渠水正穿林。青灯赤帜冲天志，大吕黄钟旷世音。

　　行谨谨，语殷殷，传承切莫忘初心。舟行舟覆皆由水，听竹萧萧念万民。

鹧鸪天·杨家岭抒怀

　　曾忆延安万里程，登高引领赖明灯。高楼基石看无字，前辈足音辨有声。

　　鱼水意，干群情，关心百姓业方兴。艰难岁月成追忆，铸就辉煌大道行。

七绝·陇南行

两当兵变

遥想陇南首义时，两当兵变任驱驰。
赤诚孤胆英雄志，胸有风云赋史诗。

张果老洞

金砂精炼妙丹成，洞里春秋果老翁。
四处云游来劝世，逍遥最羡八仙行。

云屏山

秦岭谷深藏巨龙，天门云雾锁群峰。
雄关险隘鹰飞处，号子声声震碧空。

万象奇观

惊艳迷离万象洞，武都阆苑若仙宫。
奇珍异宝皆钟乳，走兽飞禽斗半空。

洋汤天池

奇峰倒影隐游龙，湖面清波复映红。
王母瑶池今得见，人间奇景在云中。

山居人家

山中幽谷有人家,青瓦黄墙处处花。
云雾飘飘仙境里,时闻鸟语采桑麻。

云雾山中

置身云雾此山中,难识真容蔽半空。
忽有风来纱褪去,层峦叠嶂现峥嵘。

浪淘沙·过张骞故里

秦岭万重山,蜀道艰难。当年城固有张骞。出使远驱平险隘,策马挥鞭!

百折志弥坚,疆拓西边,春风丝路两千年。筑梦同行担重任,一往无前!

天净沙·秦岭三首

西 岳

云蒸霞蔚如莲,顶峰绝壁巉岩,古道蜿蜒敢攀。神工可叹,翠微风卷高天!

翠华山

山崩成此奇观，碧池天水微澜，处处莺啼冷泉。争奇斗艳，更知绝顶花繁。

五台山

崇山峻岭盘旋，翠岚缭绕凝寒，晚桂幽馨满山。慈恩永远，暖晖秋树年年。

七绝·锦官四题

杜甫草堂

烟雨草堂幽径长，千秋诗圣墨流芳。
民间疾苦吟为史，世上疮痍野老伤。

武侯祠

荷塘秋雨雾茫茫，风节如斯见表章。
三顾已知天下计，老臣涕泗为君伤。

青羊宫

松柏翠凝银杏黄，三清殿外卧青羊。
心中有道常无欲，世事无为化羽翔。

宽窄巷

老巷街衢通四方，宽宽窄窄最宜商。
摩肩接踵人声沸，酒酽茶清忘返乡。

七绝·遂宁观音故里

天生神井就灵泉，绝顶奇峰广结缘。
普度慈航寻宝刹，观音端坐水中莲。

七绝·阆中四吟

东山白塔

嘉陵江水绕东山，浴火香城凤涅槃。
寺外菩提枝叶茂，重瞻白塔入九天。

注：阆中东山之巅有明代白塔，又名文笔塔，旁边的菩提树枝繁叶茂，东晋始建的香城宫一直香火旺盛。汶川地震时，山崩地裂，江翻巨浪，十三层白塔上半部震塌。消息传出，海内外乡亲捐资，政府拨款，半年即修复，成为屹立于阆中山水间的绝胜之景。

汉恒侯祠

虎臣良牧镇阆中,立马勒铭书战功。
结义弟兄同复汉,绵绵遗恨有孤忠。

注:东汉末年,张飞、刘备、关羽桃园三结义,光复汉室,三国鼎立之势初成。蜀汉名将张飞,忠义威伟,屡立奇功,夜战马超,喝断当阳桥,后在阆中镇守七年,被誉为"虎臣良牧"。后被张达、范强杀害,携其首级投奔东吴,张飞的身躯被葬于此。

阆中古城

华光阆苑越千年,古有中天紫气悬。
灯火通明家万里,一钩新月枕江眠。

红色记忆

古城旧址寄情怀,血染红旗祭战台。
不忘万人慷慨死,传承理想共开来。

注:阆中是川陕苏区的重要组成部分,红四方面军在此转战三年之久,有近2万人参加红军和地方武装,红军撤离时有1万多人随队长征,其中女红军500余人,长征途中这支部队损失惨重,阆中有共和国追认的革命烈士近万人。战争的硝烟已经远去,先烈的英名永存史册。红四方面军总政治部、三十三军军部和阆南县苏维埃没收委员会、军区指挥部等旧址,向人们诉说着红色的记忆……

七绝·琳琅山下七咏

情系琳琅

山翠天蓝日月长,梦牵桑梓思琳琅。
当年一别从戎去,老帅鬓霜方返乡。

注:四川北部仪陇的群山之中,有一座天然呈五角星的琳琅山。从这里走出了开国元勋朱德。他23岁离开山村,74岁才回到阔别了52年的家乡。

寻求真理

从戎纵马壮军威,护法共和山翠微。
远渡重洋觅真理,赤帜镰锤映朝晖。

朱毛会师

鸣枪首义始南昌,湘水井冈情共长。
旗映杜鹃红似火,会师挥手谱新章。

长征北上

红旗指处破雄关,草地雪山皆等闲。
众口高歌朱老总,延河两岸尽欢颜。

挥师太行

跃马挥师战敌顽，抗倭血染太行山。
黄河怒吼风云激，不缚苍龙誓不还。

开国元勋

逐鹿挥师坚似钢，钟山风雨尽沧桑。
进京赶考河山改，定鼎元勋共举觞。

人民之光

关路盘盘一佃农，运筹鏖战建奇功。
人民之子光华耀，日照江山气若虹。

注：毛泽东称朱德是"气量大如海，意志坚如钢"，是"人民的希望"。1950年中共川北工委书记胡耀邦慰问朱德家人时曾亲自授匾，上书"人民之光"。

七绝·恩阳古镇

（一）

壁上依稀记闹红，今到恩阳觅遗踪。
军人新政筹粮款，遥想苏区五谷丰。

（二）

民主理财依法严，巴中百业换新颜。
七叉楼宇今犹在，归燕筑巢寻旧檐。

注：巴中恩阳自南北朝设郡，迄今已1490多年，这里曾是米仓古道上最繁华的集镇。土地革命时期，红四方面曾在此设市置县。作为川陕苏区腹地，古镇当年的闹红标语清晰可辨，现存红四方面军前总指挥部、恩阳县革命法庭、县童子团队部、县红军经理处、县财经委、七叉乡苏维埃等旧址。

七绝·途经光雾山

洪魔劫后米仓山，路断木横成险关。
毋忘千年遗训在，敬天畏地共人寰。

注：从巴中返陕，途经米仓山。这里幅员410平方公里，处于冷暖气流交汇地带。前几天突遭暴雨袭击，遂造成山洪暴发及泥石流灾害，山区到处可见崩石坠地、树倒路断的灾后景象，面对大自然的伟力，令人不禁想起先哲关于天人合一的古训。

七绝·达宗圣湖

清秋逢雨恰中元，暮鼓晨钟日正暄。
祈福声声腾紫气，达宗山下自无言。

注：达宗在藏语中就是马背上的意思，达宗山下有一泓碧水湖，是当地群众心中神圣的人间天堂。昨夜一场大雨，把山间草木洗涤得纯净无瑕。恰逢中元佳节，一大早我们就来到这里，圣湖前的祭台上，一些藏族同胞就用柏枝点燃青稞炒面，洒天马，敬天地，祭神灵，祈求幸福平安。一群旱獭正毫无怯意地与游客嬉戏，到处呈现出一派天人合一的祥和景象。

七绝·江南纪游廿韵

中山陵

于今三谒逸仙陵，百年先行指路灯。
天下为公彰博爱，河山重整九州兴。

注：遥想当年与家人第一次到钟山，一步一阶登上中山陵，至今已34年了。在红叶翠柏掩映的先生祭堂里，又一次诵读着先总理的建国大纲，领悟其三民主义之精要，天下为公之博爱情怀，深叹中山先生无愧为大道之先行者也。

明孝陵

驱胡复汉靖边关，峻法严刑惩腐奸。
一介布衣洪武帝，千秋功过问青山。

莫愁湖

行吟湖畔柳丝长，霞映波光菊正黄。
三十四年弹指去，桂华兰蕊满庭芳。

何　园

名冠江南第一园，回廊水月镜中翻。
听筝又见琼花笑，古韵梦萦桴海轩。

注：建于晚清的扬州何家花园名闻遐迩。白墙黛瓦，古木掩映，假山小亭，串楼复廊，水绕山行。透过圆门和漏窗，宛然可见水中月、镜中画。在园林一隅，竟看到春天争艳的琼花正竞相开放。"片石山房"以石涛画稿为蓝本设计建成，顺自然之理，行自然之趣。坐在东园船形的桴海轩里，感受"月作主人梅作客，花为四壁船为家"的船厅之妙。品着绿杨春茶，欣赏《一帘幽梦》的古筝曲，仿佛置身于晚清时光。

瘦西湖

时逢霜月到扬州，赏菊篱边向晚秋。
独钓瘦湖流水意，闲看少女荡扁舟。

个　园

月筛个个影扶疏，四季壶天好读书。
新雨旧朋相约至，景奇石异可闲居。

注：个园是清代嘉庆年间两淮盐商黄至筠在明代"寿芝园"旧址上扩建而成的私家住宅园林。个园以竹石取胜，其名取"竹"的一边，也暗含"筠"之意。三纵三进的豪宅，气势恢宏，古木繁茂，竹影多姿。个园主人巧用笋石、黄石、湖石、宣石，以独到的叠石艺术，打造了春夏秋冬四季景色的假山，尽显园林宜游宜看宜登宜居的诗情画意。个园作为中国园林艺术的孤例，名列世界文化遗产之中。

淹　城

奄君获救伏龟身，三水三城护国人。
诸子百家昭后世，吴风遗韵化精神。

注：常州的淹城遗址，原是三城三水环抱的古国，这种古城建筑仅此一处。距今已有2700多年的历史了。传说中，奄国国君被周文王追杀，神龟背负国君驾云南飞，到了此地，力竭而亡。因"奄淹"二字通假，后来这里被称为淹城，而神龟成了淹城的图腾。城外有八水围绕，犹如洛书中描写的灵龟，形成外圆内方的阴阳八卦图。如今，遗址公园汇聚了春秋时期诸子百家的塑像，成为吴越文明发源地及其先民精神家园的象征。

太　湖

一泓秋水碧连天，远眺翠岚生紫烟。
心逐轻舟翻雪浪，蒹葭苍莽梦无边。

鼋头渚

落日余晖映锦波，游船唱晚笑声多。
忽闻横笛招归鸟，月上阁楼杨柳坡。

虎　丘

丘如虎踞聚群贤，海涌流辉塔竦然。
碧水青山埋骨地，剑池何处觅龙泉？

拙政园

端居觞咏岁流迁,亭榭楼台近水边。
一苑四时天下小,坐看云起亦如仙。

乌镇西栅

初冬乌镇雨朦胧,桥影桨声舟四通。
共赏锦鳞嬉水乐,艳惊梅蕊出墙东。

昭明书院

临河里巷有书声,马首高墙翠竹横。
古镇历来多俊杰,今游书院识昭明。

海宁观潮

江畔听涛十里烟,水天一色淼无边。
占鳌古塔遥相望,细雨蒙蒙掩客船。

故土友情

故土迢迢系寸心,魂牵梦绕醉乡音。
西湖好友知吾意,灞柳赠君情意深。

西湖冬景

平湖万顷映彤云,垂柳堤边忆白君。
几只渔鹰瓶顶立,红梅初绽送清芬。

雷峰塔

雷峰古塔忽倾坍,重义白蛇情可堪。
法海不知尘世爱,而今重建续奇谈。

淳安夜色

古城惟见翠峰巅,四岸华灯不夜天。
溢彩湖光波影动,畲乡情侣舞蹁跹。

千岛湖

烟树苍幽映碧流,浑疑此地是瀛洲。
凭高一览浮千岛,水漫群峰可泛舟。

绿　岛

心随飞艇浪尖行,鸥鹭穿云燕雀鸣。
何觅桃源山水乐,此间闲逸可渔耕。

附 | 和民弟游乌镇诗

桂维诚

相会江南手足情，寻幽古镇喜同行。
冬来虽有微寒雨，心暖只缘花色明。

附 | 贺长兄与民弟乌镇重逢

桂维康

弟兄相携水乡游，乌镇舟桥美景幽。
人在画中情更炽，同吟诗句可传留。

附 | 读维民兄江南纪游诗有感

洪 嵘

（一）

湖上寻游到江南，舟行尽入桃花源。
芬芳四季花似海，耕读渔樵远尘寰。

（二）

桃源依旧花木繁，农家耕读乐悠闲。
喜见茅庐换新宅，长安来客游绿园。

（三）

南宋临安建帝都，西湖歌舞醉不休。
无心北疆驱强虏，忠臣受谗泪双流。
往事千年云水隔，今日西湖同泛舟。
欲寻桃源游花海，游历山水阅春秋。

附 | 和桂兄游江南

马 川

苏杭游作江南翁，西湖秦岭景不同。
茅庐化作诗千句，桃花依旧笑春风！

附 | 读桂君《江南纪游廿韵》随感

叶 子

江南美景令人羡，但憾至今未游览。
桂君赋诗记秋游，心向往之慕无限。
胜景如画歌一路，雅韵似兰群芳妒。

天下为公谒中山，明孝陵前说洪武。
莫愁湖畔忆年华，何园人称第一家。
扬州赏菊西湖瘦，个园竹石四季花。
淹城神龟诸子贤，太湖蒹葭梦江南。
鼋头渚上杨柳月，虎丘剑池觅龙泉。
拙政园似仙境中，乌镇红梅映初冬。
昭明书院新风起，兄弟同行喜重逢。
海宁江畔浪潮声，灞柳相赠故友情。
雷峰塔传奇缘事，西湖冬色醉旅程。
淳安夜阑赏华灯，千岛湖上舟纵横。
满目风光看不尽，绿岛浪飞慕陶翁。
笔端美景堪称奇，才情如涌荡涟漪。
家国河山皆入梦，桂君廿韵情依依。
回味隽永读好诗，心随佳句意已痴。
他年江南览胜日，当是再吟雅韵时。

七绝·琼海诗草十一题

海口东寨港红树林

潮涌海滨红树林，栈桥俯瞰绿森森。
枝头白鹭争翔集，伫立听涛且洗心。

霸王岭

烟雨朦胧赏雨林，古藤奇树栖珍禽。
虬枝抱石生花处，飞瀑入潭龙啸吟。

棋子湾

云水沉沉浪拍滩，嶙峋奇石似弹丸。
望洋方觉尘寰小，涌动胸中万里澜。

宋氏祖居

青瓦砖墙古路长，蓑衣竹笠绿荫乡。
重洋远渡成侨领，次第花开博爱扬。

注：宋氏祖辈姓韩，从豫、浙、粤迁至文昌市昌洒镇古路园村。祖上三代务农，到了父辈，家境日渐窘迫。后来，韩教准随其堂舅（婶婶的弟弟）远渡重洋，并过继给这个舅舅为嗣子，改姓为宋，名嘉树。他实业有成后，一直为同盟会筹款捐资，被誉为："披肝沥胆为民主，瘁力殚心辅逸仙。"他的三个儿子三个女儿，均成为中国近代史上著名人物。其中，孙中山先生的夫人宋庆龄是中国妇女的杰出代表。

北仍村

雨打芭蕉过海滨，槟榔橡树向天伸。
书香绿意盈农舍，浅浅乡愁浸我心。

博鳌会址

达江通海占鳌头，几度春潮几度秋。
际会风云多变幻，千舟搏浪逐沙鸥。

兴隆热带植物园

侨乡绿苑一明珠，珍蕊珍稀世上殊。
过眼雨林寻香去，奇馨沁鼻满归途。

椰田古寨

竹屋椰风向碧空，芦笙傩舞乐融融。
锦衣银饰苗黎女，同奏鼻箫心曲通。

海上观音

净空色境妙观台，慈渡观音踏浪来。
再拜金刚何所欲，莲花正向碧波开。

天涯海角

天涯尽处鹿回头，化作窈窕凝爱眸。
永结同心铭石鼓，争传佳话说瀛洲。

亚龙湾

海风习习拂苍山，潮涌沙滩去复还。
嬉水游人追浪笑，南腔北调聚龙湾。

七古·祝贺全国陕西英才第十三届会议圆满成功

彩云追月伴初阳，潮涌海滨泛波光。
群英荟萃聚文昌，南海欢歌谱新章。
辨势论道说丝路，秦琼筑梦共高翔。
红湾驿站孔子堂，书香渔家奔富康。
椰林风起盈绿意，三角梅开映方塘。
回望征程十三载，携手多赢农工商。
搭桥牵线谋发展，资政存史美名扬。
尚德重礼民淳朴，妙笔绘春满园芳。
务实勤劳守诚信，骏马奔腾追汉唐。
龙吟凤鸣赞秦英，秦风秦韵大秦腔。
英才辈出遍天下，千帆弄潮万里航！

踏莎行·感怀和仇兄

又见冬梅，方成拙跋，与君酬唱同欣悦。新年遥寄祝平安，情长词短胸怀阔。

且驱霾尘，久违松雪，心迷重雾千千结。春无消息信风遥，何时竹拔青云节？

附 | 踏莎行·贺桂兄诗词集出版

仇中文

欲寄寒梅，忽来题跋，飞鱼鸿雁传欢悦。且登紫岭望长安，云蒸霞蔚苍穹阔。

朝野辛陈，鹅湖松雪，同词同韵同心结。桃瑶投报路迢遥，行吟明志明袍节。

七绝·岭南春行酬友

游深圳湾和仇君

潮奔涛涌大桥湾，白鹭掠波水萦环。
两岸经年风景异，余晖霓彩映南山。

附 | 早 春

仇中文

东风有约赴梅岭，唤醒山峦吹笑花。
杨柳闻香泛春意，鹅黄淡绿润枝丫。

京基一百

云凌穹顶母同登，碧水蜿蜒厦百层。
填海奋飞精卫鸟，逐潮春梦御风升。

附 | 和桂兄《京基一百》

仇中文

扶摇直上瞰云蒸，借问重霄有几层？
又见高楼新崛起，摘星移月作明灯。

夜宿东湖

推窗盈鼻草芬芳，满屋清新入梦乡。
湖畔忽闻啼水鸟，晨风轻拂过长廊。

附 Ⅰ 和桂兄《夜宿东湖》

仇中文

南疆春早尽芬芳，一片乡愁到故乡。
游子难忘桑与梓，晨风伴我忆萱堂。

珠海渔女雕像

雨水方临万里云，擎珠渔女动衣裙。
海滨轻浪潮初涨，如梦波光映縠纹。

惠州白沙村

山影嵯峨近晚霞，夜灯溢彩映渔家。
绿丛红树盐洲美，鸥鹭追波啄白沙。

附 Ⅰ 次韵和桂兄《惠州白沙村》

仇中文

碧浪飞鸥送晚霞，飘香溢彩是渔家。
观光品海高堂悦，南国小村名白沙。

惠东黄金海岸

南国春风拂面寒，涌来白浪拍沙滩。
弄潮海上千帆过，云水连天放眼看。

惠州西湖

万顷波光景不同,堤桥如带水朦胧。
西湖苏迹孤山苑,玉塔微澜此地逢。

附 | 和桂兄《惠州西湖》

仇中文

杭州西子惠州逢,浓淡相宜貌不同。
阔水长堤知谪客,荔枝三百乐苏翁。

罗浮山

苍茫林海接云天,百粤群峰独列先。
古观冲虚寻旧梦,仙霞飞瀑激鸣泉。

摩天轮观夜景

羊城高塔小蛮腰,添翼身飞近九霄。
花月春江灯点点,人间星海接云桥。

五羊仙庭

南海仙人降楚庭,五羊衔谷久传听。
一茎六穗丰收乐,跪乳报恩刻骨铭。

七绝·渝湘黔之行

长江夜色

灯满山城月满楼,彩霓七色映江流。
桥通两岸巴渝美,鸣笛声声乐重游。

地心天坑

清幽深谷挂飞泉,地裂成坑越亿年。
一线仰观云过隙,山中奇境亦如仙。

游桃花源

缘溪追梦觅桃源,鱼乐鸟翔花木繁。
水岸武陵茅舍静,何寻魏晋汉时幡。

观伏羲洞

始祖伏羲功德多,高天迥地洞中河。
瑶池钟乳呈奇景,远古长传五帝歌。

洪茶古镇

洪安茶峒画中行,翠染边城水色清。
物语千年风雨后,闻鸡三省古今情。

凤凰古城

虹桥雨巷古城墙，几叶扁舟过凤凰。
素美湘西苗寨女，银铃轻曳鬓花香。

千户苗寨

吊脚木楼风雨桥，烟云岚雾满山腰。
忽疑千户繁星落，欢饮笙歌醉竹寮。

登梵净山

孤峰云渡涤尘烟，金顶钟鸣般若泉。
鸟绝翠崖笼细雨，净心诵佛悟真禅。

黄果观瀑

无梭白练自天成，叠浪飞波映雪晶。
崩玉散珠投谷底，急流奔涌动雷声。

天星景区

奇石悬崖古木遥，蜿蜒白水过溪桥。
源头飞瀑来星峡，如洗碧天望九霄。

农家美食

天下农家第一笼，土蒸美味火熊熊。
满盆好客夸黔北，逢友欢谈小酌中。

娄山花海

薰衣花艳醉荷塘，遍野芳菲梦夜郎。
浪漫紫晶亭下过，千年桐梓好还乡。

七绝·丝路行咏六十五首

麦积烟雨

麦积孤峰崖独立，万千石窟着袈裟。
流云烟霭归鸦隐，天净红尘雨洗葩。

绝壁佛阁

梵音千载绕云间，凿壁雕成佛窟环。
莲座凌空悬栈道，解忧弥勒尽慈颜。

马超龙雀

雷台汉墓树遮晖，奔马云驰踏雀飞。
铁骑铜车腾浪处，西行丝路望君归。

武威文庙

国槐侧柏敬先贤,魏窟唐铭一脉延。
桂籍殿前寻旧迹,夏碑汉简记流年。

凉州贤孝

凉州贤孝古民谣,一曲悲欢动九霄。
遗韵回音弦管起,悠悠乡恋涌如潮。

甘州湿地

水色满城流晚霞,黑河西海望蒹葭。
星辉熠熠瑶池近,漫步栈桥惊暮鸦。

峡谷奇观

水溶风蚀镌丹霞,猿臂力攀登直崖。
险峡横穿幽谷道,蜿蜒赤岭夕阳斜。

长城首墩

万里长城第一墩,祁连赤壁守晨昏。
梦回大漠烽烟起,纵马开疆度玉门。

破城访古

流沙土堡古城墙，苦峪残垣红柳乡。
日照破城温旧史，风尘一路入蛮荒。

过锁阳城

瓜州车过锁阳城，遗址今逢暂闭营。
大漠雅丹风正疾，高台薄暮鼓声声。

谒榆林窟

幽深峡谷夕晖斜，万佛洞天归暮鸦。
两岸崖岩皆净土，观音执柳坐莲花。

访玉门关

汉建雄关居塞外，车行戈壁卷沙尘。
遥看烽燧长城在，风蚀障坞思故人。

雅丹地貌

沙海横穿觅雅丹，沧桑亿载遂成滩。
连绵黑漠惊魔影，如塔似船尽岗峦。

眺汉长城

风蚀岩台关隘地，凭河天险作门扉。
高低起伏疏勒去，如虎雄师壮士归。

鸣沙月泉

鸣沙山下驼队远，夕照丘峦半似鳞。
泉涌月牙鱼戏水，胡杨古柳绿如茵。

谒雷音寺

雷震音稀超万象，大光明殿谒高僧。
千年名刹诚弘法，西晋前秦一脉承。

瞻莫高窟

敦煌揽胜瞻千佛，壁画经文彩塑多。
丝路飞天迎盛会，花开九月宕泉河。

赞木卡姆

说唱弹拉歌舞乐，东方艺术续新篇。
非遗瑰宝彪青史，维汉一家佳话传。

哈密回王

天山南麓寻王府，哈密史篇千古雄。
平叛守疆传九世，绵延丝路建奇功。

哈密翼龙

远古海天凭纵横，翼龙称霸一时生。
巧将化石还原迹，久历沧桑举世惊。

现场慰问

天山考古越沙滩，齐赞师生不畏难。
发掘遗存频出土，劬劳三月现奇观。

古迹探幽

山下探幽巴里坤，千年天路望远村。
祭台墓葬多群落，遗址何寻古道痕。

蒲类古国

冒顿弯弓战不休，西行张骞羁沙洲。
班超饮马留青史，代有英豪古国幽。

遥望烽燧

千里狼烟策马行，铁军一路尽哀兵。
犹闻战鼓悲歌壮，烽火当年勇者赢。

大河唐城

残垣难掩古辉煌，千载梦萦回大唐。
血雨横戈平叛乱，戍兵屯垦守边防。

巴里坤湖

远眺雪原湖水碧，群鸟竞翔百花开。
一脉天山生灵气，夏日清风扑面来。

农场掠影

阡陌田间一碗泉，雾萦山麓漫云天。
营房鳞次连团在，遥见铁牛追夕烟。

交河故城

车师古国两千年，生土筑城绕一川。
衙署塔群连市井，安西丝路舞飞天。

人文火洲

民族相融和百世，姑师汉脉有传人。
馆藏珍品皆精美，五大文明集一身。

注：生活在吐鲁番地区的姑师人亦称车师人。这里早在汉代已成为华夏统辖的疆土。丝绸之路开辟后，希腊—罗马、华夏、印度、波斯—阿拉伯、欧亚草原游牧五大文明交汇于斯，经过积淀，最终形成了吐鲁番文化遗产。

观坎儿井

天山竖井传千古，大漠绿洲引甘泉。
远溯高车承血脉，边疆万里水涓涓。

注：古代西域高车人是维吾尔族人的祖先，他们坐着高车，一代代追寻、创造并共享着幸福生活。

好友欢聚

归途水阻尽泥丸，咫尺隔山行路难。
关外同窗翘首盼，夜深邀月举杯欢。

西域印象

大疆西域耀天山，丝路东风遍汉关。
征马轮台同戍卫，盛唐商旅望乡还。

初访双河

肆闾城居相间错，汉唐丝路展辉煌。
清时西进东归去，山抱双河似海棠。

注：双河市，又名博乐市，古称博尔塔拉，地处丝路新北道的要冲，是西域各民族南来北往、西迁东进的必经之路。唐宋时鼎盛一时。到了元代，商贸繁荣依旧，"城居肆闾间错"。历朝遗存印证了当年这个丝路重镇的兴盛历史。到了清代，察哈尔蒙古族西迁戍边，土尔扈特蒙古族为摆脱沙俄的压迫，行程万里，东归祖国。

古城遗址

残垣荒草几多春，千载遗踪觅故屯。
唐代古城青得里，黄沙一抔掩风尘。

喀仁达斯

赛里木湖邀友朋，汉哈两族气恢弘。
千杯不醉同歌舞，策马驱驰共远征。

注：哈萨克语称亲如兄弟为"喀仁达斯"。

塞里木湖

远山雪岭傲苍穹，日映湖光气势雄。
起伏高原丰草绿，八荒胜境与天通。

登点将台

大汗点将欲西征，饮马塞湖拥重兵。
穿越伊犁鼙鼓急，沙飞雪舞送前营。

霍城口岸

丝路西行出国门，横穿口岸两乾坤。
万千气象桥头堡，异域客商留履痕。

注：霍尔果斯口岸是位于新疆伊犁的一个陆路口岸，与哈萨克斯坦隔霍尔果斯河相望。

国境回望

霍河纵贯流南北，西眺边疆梦百年。
山海相连如咫尺，长风万里共婵娟。

西气东输

西气东输一脉通，纵横千里越苍穹。
远从中亚连京沪，跨国能源互惠功。

惠远古城

军府边防辖北南，古城遗迹可查探。
百年戍守安西域，史说春秋旧曾谙。

注：伊犁的惠远城，在清朝中期是新疆首府，后为天山以北的边防重镇。乾隆在伊犁设军府制，"伊犁将军"以北南东三路统辖全疆。兴教化民，屯垦戍边，置办百业，发展外贸。晚清时惠远城被回民起义军攻破，继遭沙俄军队入侵，毁于兵燹，后在城北重建。因不平等条约丧失了西北的大片国土，军政中心被迫东移，首府迁到了迪化（今乌鲁木齐）。

伊犁河畔

听涛桥畔浪淘沙，水汇三河映日华。
奔涌穿荆西去远，昔年疆界域无涯。

追忆林公

虎门销毒贬伊州，苦旅英雄草木秋。
国有忠臣山水在，东归扶病为谁忧？

注：林则徐历经乾隆、嘉庆、道光、咸丰四朝，遭贬复出后，作为钦差大臣66岁抱病去广西平乱，病逝途中。

过那拉提

翠岭蜿蜒草甸斜，鸢尾五色路边花。
姑娘追戏毡房外，几簇山杨立水洼。

翻越天山

雾岚笼罩望山巅，飞度群峰万丈渊。
沟壑纵横岩壁绿，雄鹰奋翼搏云天。

车行天路

山势嶙峋紫雾凝，崩岩悬石绝飞鹰。
车行天路凌云越，险峡池龙欲跃腾。

注：库车神秘大峡谷有大小二龙池。

过火焰山

日翻万嶂越千峦，火焰山峰曲径盘。
石壁兀然霞色美，再行前路过沙滩。

峡谷奇观

地火亿年惊变迁，库车山幔矗红巅。
谷幽峡险奇峰立，落日余晖映满天。

谒千佛洞

唯礼释迦佛教昌，经由丝路始传疆。
龟兹凿窟虽残损，文化遗存岁月长。

注：千佛洞亦称克孜尔石窟，是公元4世纪龟兹国时开凿的大型佛窟，衰落于公元九世纪。佛教在此兴盛了一千多年，直到公元十三四世纪为伊斯兰教所取代。千佛洞主要表现的是小乘佛说"唯礼释迦"的思想，是我国现已知的最早的大型佛教石窟，而且在世界范围也具有突出价值，是丝路上重要的世界文化遗产之一。

关垒遗址

长城汉垒且环山，沟壑纵横御敌关。
数问妇叟皆不知，雅丹残壁险难攀。

尕哈烽燧

夯台垒土古时雄，犹见狼烟入碧穹。
大漠雅丹沙蔽日，安西烽燧气如虹。

注：克孜尔尕哈烽燧，是维吾尔语"红色哨卡"的意思，始建于汉宣帝时，西域都督府又移于乌垒之后。这是新疆境内时代最早、保存最完整、规模最大的古代烽燧，被列为丝路中国段世界文化遗产之一。

库车大寺

库车大寺塔巍然，俯视人间数百年。
信士诵经修礼拜，法庭惩戒有沙鞭。

龟兹访古

龟兹寻迹风尘远，古国蛛丝觅旧时。
廊道有痕连重镇，关河秋月诵禅诗。

注：库车，古称龟兹，古代西域的大国之一。库车是维吾尔语"十字路口"的意思，它位于新疆三大城市群中间，是丝路上承东启西的重镇。古龟兹国的经济、文化和社会发展极为发达，在地下留有丰富的遗存，揭示了龟兹与周边地区的关系。但唐宋以后，

古龟兹国日渐衰落。今天这里有3处遗存被联合国教科文组织列入丝路起始段和天山廊道22个世界文化遗产之中。

苏巴什寺

天山南麓库车河，塔宇庄严佛殿多。
洞窟遗存千载史，碎图残帛绘莲荷。

注：苏巴什佛寺遗址，是西域地区至今保存规模最大、最完整、最悠久的佛教古建筑遗迹，反映了丝路上古龟兹国作为佛教传播中心的历史，是天山廊道世遗之一。

大漠喜雨

西行苦热逢天旱，日炙黄沙绕紫烟。
忽聚乌云风卷地，雨来漫道涌如泉。

雨后丹霞

雨狂风疾洗沙尘，日照赤山无际垠。
云携我飞穿万壑，如挥水墨更氤氲。

访石头城

黄昏山色尽嵯峨，夕照暮烟漫石陀。
汉塞清营丝路月，戍边葱岭大唐歌。

雪域国门

禁区雪域敢屯营，迁址几番到塔城。
丝路走廊天近处，中巴古道蕴新声。

瓦罕走廊

法显西行开大乘，大唐三藏取经归。
高僧过处林无兽，瓦罕走廊碑映晖。

天界红哨

雪飞七月访雄关，红哨天涯第一班。
相赠诗书诚致敬，男儿戍守在寒山。

丝路佛迹

南行策勒绿婆娑，达玛沟中佛寺多。
珍品沙埋千百载，壁画观音伴莲荷。

尼雅觅古

路经大漠秘闻多，难觅古城尼雅河。
东土佛传丝路驿，遗存瑰宝出沙窝。

且末古城

千载黄尘掩古城，唐时人去已无声。
至今犹见残垣在，没足细沙令魄惊。

米兰遗址

屯田戍堡汉唐风，西域伊循万古雄。
丝路之南遗址在，大河远去润葱笼。

唐蕃遗珍

吐蕃古道有遗珍，大墓妖楼出锦纶。
织品缂丝真技艺，中西合璧太阳神。

八声甘州·谒大佛寺

绕梁飞燕去去来来，伴大佛酣眠。似睡而非睡，终难久寐，醒目遥观。横贯丝绸古道，西望尽蜿蜒。多少古今事，思绪翩跹！

《北藏》庄严卷帙，永乐南北曲，慈渡尘寰。诵真经了悟，佛法更无边。庇苍生、民安国泰，待百年、盛世梦重圆。祈天地、风和日丽，福佑人间！

行

卷二 履职展痕

吟录

七绝·草拟对外开放六十条感赋

（一）

南国风来待远征，扶摇逐梦展鹏程。
同谋开放新思路，奋笔疾书灯火明。

（二）

劲矢强弩破碧穹，古城重振汉唐风。
梧桐引凤开蹊径，六十新条万鼓声。

注：1992年邓小平南方谈话，如和煦东风吹皱一池春水，西安被国务院批准为内陆开放城市。我奉命组织起草小组草拟西安实施开放的政策文件，在广泛调研、汲取沿海城市经验的基础上，经12个昼夜的奋战，拟就西安市实施对外开放政策60条，经市委市政府决策后实施，成为内陆对外开放之先声，在国内外引起强烈反响。外媒称：西安终于走出了"古城堡"。

七绝·棚户区改造有感

（一）

大雨滂沱酿涝灾，夜逢屋漏断墙歪。
老孺速转安身处，蹚水挨家急摸排。

（二）

危房改造惠民生，棚户搬迁喜告成。
八载艰辛挥汗雨，遍听广厦笑声盈。

注：1992年夏，西安市保吉巷因暴雨内涝成灾。市长卷起裤腿，走进棚户区慰问调研。看到这里几百号人共用几个水龙头，立即让市自来水公司多安装了些水龙头。市民万分感谢，在墙上书写标语，表达对政府的感谢之情。政府举一反三，做出决策，推进低洼地改造。当年西安市"拆一还一，有偿安置"的政策，就是从保吉巷开始推行的，得到了建设部的肯定和推广。西安由此拉开了大规模旧城改造的帷幕，八年内完成搬迁安置近50万户的任务！

水调歌头·八大工程

历代建都市，风雨越千年。尽占通史半部，华夏始开篇。争说秦皇汉武，盛世贞观宫柳，落叶下长安。诗赋颂勋业，百代舞翩跹。

雄风在，新气象，越从前。文明建设，承继古韵著先鞭。入夜华灯璀璨，一改市容旧貌，处处喜开颜。八大工程好，百姓口碑传！

注：1995年西安市委精心设计谋划了精神文明建设"八大工程"，通过以思想道德文化建设为主要内

容的支柱工程、形象工程、繁荣工程、容貌工程、假日工程、温暖工程、平安工程、楷模工程，从一件件看得见摸得着的具体事情抓起，着力提高市民素质和城市文明化程度，把虚事做实，把实事办好，统筹兼顾、推陈出新、注重实效、深得民心。一开始我兼任市精神文明"八大工程"建设办公室主任，经过全市上下三年时间的扎实推进，西安市的精神文明建设和市容市貌发生了新的变化。为此，得到了中宣部的充分肯定。时任中共中央政治局委员、中央书记处书记、中宣部部长丁关根曾亲临指导，并向全国推广。西安市成了继天津市和平区、张家港市等标杆之后，又一个全国精神文明建设的先进典型。

七律·授衔感赋

遥想儿时爱木枪，扬鞭竹马逞豪强。
激情岁月磨神剑，热血青春射天狼。
预备役师任大校，授衔留影着戎装。
点兵沙场圆心愿，共护金瓯固国防。

注：我从小就心怀从军梦，不满18岁进军工厂投身于核设备生产，38岁前一直是国防工业战线一兵。1992年我离开军工系统，奉调西安市工作。1997年建军节，我在市委秘书长职位上被兰州军区任命为西安空军预备役师副政委，由中央军委主席颁令授予预备役大校军衔，时年42岁。

七绝·处置"三五闪爆"纪实

（一）

接报西郊出险情，临危应急靠前行。
死生时速争分秒，预警八方频调兵。

（二）

闪爆一声天地惊，蘑菇云起焰升腾。
隔离封锁忙疏散，合力降魔众手擒。

（三）

领导驰行察火情，指挥抢险到天明。
惊闻灾难长安恸，大爱无疆热泪盈。

注：1998年3月5日14时许，西安西郊液化石油气储贮所400立方米球罐底部法兰盘松动，造成大量气体泄漏。16时40分市委接报后，我奉命赶赴现场，查看险情，火速向领导请示汇报，指令以消防支队为主、市煤气公司（西安天然气公司前身）全力配合抢险，要求莲湖区、碑林区紧急疏散周边群众，公安交警封锁附近道路，卫生局组织急救力量待命，并向武警总队发出求援预警。18时许，储气所发生闪爆，空中升腾起巨大的火球，像蘑菇云一样照亮了西郊的天空，巨大的冲击波和烈焰之下，40余人伤亡。在抢救伤员的同时，组织消防官兵全力灭火降温，用水幕隔离火势，防止引爆旁边的十几个液化石油气储罐。19时许第二次闪爆发生，省市领导陆续赶到。我即令一辆公交车停在一公里外作为临时指挥部，并调来装甲运兵车，载指挥部成员近距离观察险情。我和市委、

市政府两办同志在一线及时传达指令，转达信息，综合协调，形成全市应急联动机制。经一夜紧张抢险，直至次日凌晨6时许，现场的火势才得到控制，险情被排除。大灾临头，八方支援，当地群众纷纷送饭送水送棉衣，医院急诊室外群众自发献血，场面感人。

七绝·克林顿访华首抵西安亲见录

（一）

古韵长安迎总统，豪华阵势列城南。
高墙数仞雄风在，元首登楼意兴酣。

（二）

文明古国数千年，陵下村头半晌谈。
惊叹始皇兵马俑，牡丹相赠更娇妍。

注：1998年6月25日，美国总统克林顿偕夫人希拉里访问中国，"空军一号"从大西洋彼岸直飞抵达西安。傍晚时分总统车队从北门外绕城半周，由南二环来到南城门广场，参加了隆重的仿古入城式。伴随着鼓乐和宫女的舞蹈，大唐京官宣布通关文牒，门桥徐徐落下。克林顿为之赞叹，即席发表热情洋溢的长篇讲话。总统夫妇随后拾阶登上巍峨城墙，观赏阙楼上民间艺人和少年儿童的才艺表演，孩子们当场绘就一张大红牡丹与和平鸽的国画赠送给客人。入城式比原计划超出了两个多小时，客人却乐此不疲，一时传为美谈。第二天，克林顿在秦陵旁的下河村举行圆桌会议，与村民们对话民主与自治，并在村小学发表演讲。接着，总统一行参观秦兵马俑博物馆，步入一号

坑，仔细端详一个个表情丰富的古代兵士，又一次为两千多年前的中华文明所震撼。我作为西安接待克林顿总统来访综合组成员，全程参与了整个前期准备和后期保障工作，感同身受，亦以长安古迹引为自豪。

七绝·为西部大开发建言

（一）

亲闻劲鼓发新声，热土蒸腾蕴赤诚。
策马长安先疾去，西陲云卷御长风。

（二）

终南风起荡旧尘，一曲春歌度玉门。
鱼跃飞流凭海阔，拟成纲要映朝暾。

注：1999年6月，江泽民总书记在陕西宾馆召开国企改革座谈会，会上提出"西部大开发"的号召。我作为长期工作生活在西部的南方人，想到父辈们的夙愿，心潮起伏，浮想联翩。会后与市委主要领导沟通时，我提出要抓紧做好规划、项目、组织等八个准备的建议，正合领导心意，领导遂耳提面命诸多思路，嘱我率起草组深入调研、集思广益，草拟实施西部大开发战略纲要，为西安在全省大开放、大开发、大发展中当好先行，我们常常彻夜讨论，归纳整理，成稿之日，推窗已见朝霞初露。

七律·黑河引水工程感赋

五河共汇送清泉,久盼甘霖数十年。
三伏水荒生怨怼,四时旱魃困长安。
建渠成网同劳作,筑堰合龙齐克难。
相会金盆重聚首,迎来开闸尽欢颜。

七绝·引水纪实

(一)

黑河引水进西安,为缺资金最犯难。
军队挖渠情更笃,举城共建夜难眠。

(二)

严冬围堰战犹酣,夏日拦河筑管涵。
横越南山穿峪口,引流跃上少陵塬。

(三)

平湖流汇蔺家湾,一路欢歌涌碧泉。
七彩阳光风雨后,曲江水沛引清源。

水调歌头·黑河引水竣工感怀

遥想灞桥柳，八水绕长安。城中甜井一口，餐饮苦而咸。百姓年年盼望，引得清泉如许，处处尽欢颜。翘首望穿眼，一等几多年。

古今事，凭思量，最难全。资金短缺，依靠众手解千难。不觉时光如箭。已历几番寒暑，岁月逐悲欢。今日终开闸，十里涌甘泉。

注：自古八水绕长安，但近代以来，西安城市供水一直十分紧张。城墙内仅有一口"甜水井"，市民饮用的大多是苦咸的高氟水。虽然20世纪50年代办起了自来水厂，但随着城市规模扩大，自来水供应日趋紧张。许多单位打自备井汲取地下水，造成地裂缝扩展，大雁塔倾斜。黑河引水工程从20世纪中期就开始谋划，直至1982年省上成立了西安黑河引水工程建设领导小组，1986年经国务院批准，黑河、石头河、石砭峪、田峪、丰峪五水并流、惠济古城的生命线工程，于1987年破土动工。后因资金短缺，工程建设举步维艰，曾动员部队和市民义务劳动，完成了近百公里暗渠管网的基础工程。1995年起，西安连续三年遭遇大旱，自来水断流，城内发生严重水荒。省上把黑河引水作为全省基础设施建设的重中之重，要求加快工程进度。其间我曾陪同省市领导，冒着严寒酷暑，多次到工地慰问、现场办公。搬迁仙游寺，凿开导流洞，筑起金盆大坝……2011年12月，黑河引水主体工程胜利竣工，从此可向西安市日均供水110万立方米，终于结束了古城水荒的历史。

水调歌头·高新区咏怀

绿野旧曾有,平地起高楼。崭新风貌呈现,今日竞风流。孵化科研成果,推出高新项目,重彩绘春秋。改革出新策,产业势方遒。

创新业,成热土,拔头筹。不应有憾,智慧活水涌泉流。体制革新驱动,扭住人才之本,来日壮心酬。发展新科技,岁岁立潮头。

注:西安高新技术产业开发区是一个代表本市技术聚集的前沿领地。从规则、政策制定到初期创业创新,西安市的主要领导倾注了大量心血。我曾随领导一次次走进这片热土,与时任领导畅谈发展思路和举措。亲眼看到在这块神奇的土地上,一个个自主创新的项目如星火燎原,一任任高新区领导先后升迁走上新岗位。抚今追昔,不由得想起当年一幕幕令人难忘的创业经历。

五古·咏主题年

高楼平地起,七年磨剑戟。
岁岁新标杆,年年主题立。
一发动全身,学会牵牛鼻。
不懈抓效能,公尺量到底。
外树好形象,内增执行力。
加强三服务,群众皆满意。
风正百帆悬,固基创优绩。

注：从1995年开始，我主持西安市委办公厅工作，以形象、基础、素质、管理、效能、作风、文化为主题，目标考核激活力，持之以恒抓落实，使办公厅的面貌悄悄地发生了可喜变化，为领导工作、为同级和上下级机关、为人民群众的"三服务"水平得到新的提高，受到群众广泛好评，连续七年被评为市综合考核一等奖，成为市级机关标兵单位。

七绝·草拟市党代会报告感怀

（一）

笃行数载为民生，灯下疾书皆有情。
回望春秋甘苦共，须知句句寓真诚。

（二）

宵旰伏案伴残更，无意起听南北风。
且任星移云漫卷，静心走笔月华澄。

七绝·南院别

秋枫南院七番红，霜雪未凋才到冬。
一别从兹挥手去，马悲不见冀北空。

注：我以不惑之年在南院（西安市委所在地在南院门27号，人们习惯把市委称为"南院"）担任"总

管家",在2500多个日日夜夜里,亲历了西安诸多重大决策的始末。2002年年初,适逢47岁生日那天,我奉命调去省委办公厅履新。此刻,徐志摩的诗句涌上心头:"悄悄地我走了,正如我悄悄地来;我挥一挥衣袖,不带走一片云彩。"又,唐代韩愈云:"伯乐一过冀北之野,而马群遂空。"(《送石处士序》)

七绝·陕南"六八"洪灾抢险行

(一)

夜半梦惊闻警铃,倾盆暴雨浊流崩。
跟随领导南行急,触目洪殇恸惨情。

(二)

各方抢险保安宁,跋涉泥潭到佛坪。
修路运粮排水患,倒悬急解济苍生。

(三)

总理步行勘大灾,手牵孤女泪沾怀。
人间有爱心中暖,重建家园志不衰!

注:2002年6月8日23时许,一场暴雨洪水灾害突袭汉中、安康、商洛三市和西安、宝鸡两市秦岭北麓部分县乡,特大洪水导致泥石流灾害,大批房屋倒塌,村镇被淹,大树被连根拔起,道路河流受阻,通信联络中断,其来势之猛,强度之高,受灾范围之

大，损失之惨重均为历史罕见。共有435人死亡或失踪，7000多人无家可归，直接经济损失达10亿元。时任国务院总理的朱镕基亲自批示国务院领导同志要"关注陕西灾情，并请有关部门大力支持，拨予救灾经费，给予救灾物资援助"。副总理温家宝率有关部委负责人亲临灾区检查指导救灾工作。灾后，大批漂浮物堵塞汉江，造成次生灾害。我两次随同省上领导深入灾区，步行跋涉到灾情最重的宁陕、洋县和佛坪，协调指挥抢险救灾，亲身感受到党和国家对灾区人民的亲切关怀以及受灾群众众志成城，重建家园的坚强决心。

七绝·掠燕湖诗草

从2003年3月到2004年1月，我有幸在中共中央党校第19期中青班脱产学习了近一年，研读原著，听课讨论，自由交流，收获颇丰。其间还读了100多本书籍，并写成两本书稿，度过了300多个难忘的日日夜夜。

遭遇"非典"

三月京城遇疫情，校园预警志成城。
同心百日防"非典"，力克病魔弦紧绷！

部长讲堂

部长讲堂谈富邦，释疑解惑尽开朗。
纵横捭阖明时势，心系民生话小康。

学员论坛

切磋经典觅真知,迸发火花辩论时。
学友登台言凿凿,百无禁忌畅言之。

对话布氏

纵谈棋局布东西,冲突交锋且质疑。
细论异同据理辩,各行其是自相宜。

注:布热津斯基应邀给中青班学员讲国际大棋局,阐述东西方文化的交流和冲突,推销美国的软实力。在讨论环节,气氛热烈,争论辨析,坦诚陈言,各自分析优势与劣势,认为在跨文化背景下坚持中国特色社会主义的理论、道路、制度自信,与西方文化互为借鉴,应和而不同,争而不破,各走各路!

日本访学

考察东瀛十一天,官研学企细参观。
他山攻玉勤分析,探讨交流且放言。

著书立言

处置危机欲立言,勤观百卷自扬鞭。
细研案例于灯下,应急书成决策篇。

七绝·陪同十一世班禅参访

年方十五气安闲,访学三秦慕圣贤。
面若莲花心向佛,菩提一叶善相连。

注:2004年5月20日至29日,十一世班禅额尔德尼·确吉杰布来我省参观学习。他先后来到曾出土举世罕见佛指舍利的法门寺、唐代高僧玄奘曾译经的大慈恩寺礼佛,分别参拜了寺中供奉的佛指舍利、玄奘大师顶骨舍利,还为两座寺院及寺内僧人发放了布施。其间还游览了碑林博物馆、西安明城墙、陕西历史博物馆、秦兵马俑博物馆及八路军西安办事处、延安枣园、杨家岭、宝塔山、延安革命纪念馆等旧址。十一世班禅在参观过程中,对中华民族的悠久历史和中国革命史产生浓厚的兴趣。

忆秦娥·"11·28"陈家山矿难祭

危情急,又闻矿难苍天泣。苍天泣,八方奔赴,一程鸣笛。

常存敬畏心忧惕,茫然四顾空山寂。空山寂,事关生死,血煤当息!

七绝·抢险途中口占

进山下矿察危安，探望遗孤问暖寒。
研判险情商预案，排难重任共分担。

注：2004年11月28日上午7时10分，陕西省铜川矿务局陈家山煤矿发生了瓦斯爆炸事故，在井下的293人中，有127人安全升井，造成166名矿工遇难。事故发生后，在国务院工作组的指挥协调下，陕西省、铜川矿务局积极开展抢险救援工作。我奉命赶赴陈家山煤矿，依靠当地组织，做好应急处置，并协调处理中央领导到矿区视察的前期准备工作。2005年元旦，时任国务院总理温家宝来到陈家山煤矿，访孤慰老，半夜座谈，并深入井下与矿工交流，为之呼吁：应严防带血的煤托起GDP的浮华；必须用科技、制度、群防等手段，建立煤矿安全的屏障。

七绝·连战访西安纪实

（一）

八岁别乡终得归，童年趣事梦萦回。
乡音依旧声声唤，遥忆儿时涕泪挥。

（二）

寻梦怀亲拜祖先，炎黄血脉总牵连。
一抔圣土今相赠，两岸共瞻明月圆。

注：2005年4月30日，中国国民党主席连战率访问团抵达西安访问，他八岁离开西安，这里留下了他童年弥足珍贵的记忆。这是他60年后首次回故乡，回到母校后宰门小学，到清凉寺祭扫祖墓，参观秦始皇兵马俑，观看梦回大唐歌舞演出……"少小离家老大回，乡音未改鬓毛衰。"连战多次热泪盈眶，情不自禁地用西安话说，战娃子回来了，向乡党、前辈问好、请安！我作为这次活动的总协调人，亲历连战夫妇在陕两日行程的安排，深感血浓于水，两岸同胞一家亲。

七绝·宋楚瑜访问西安纪行

（一）

慎终追远破冰行，海上月轮今始盈。
华夏子孙难忘本，寻根认祖祭黄陵。

（二）

互通互信搭桥游，共识共荣当泯仇。
千里省亲多感触，别时折柳水长流。

注：2005年5月5日下午，中国亲民党主席宋楚瑜率访问团抵达西安，其80多岁的母亲胡窕容也随其而来。他们此行的重头戏是拜谒轩辕黄帝陵。因为他的夫人陈万水出生于岐山县，使此行充满了陕西女婿回乡的亲情！政府通过各种线索希望找到陈家的亲友，可惜能联系到的40多人竟无一人与陈家熟识。我作为此次活动总协调人，全程亲历了此行日程安排，深感

宋楚瑜才情出众，谈吐不凡，颇长于表情达意，堪为政坛达人。

折桂令·进京陈情

起风波怎奈其何？企业维权，发展蹉跎。纷杂陈情，重重困难，诉说繁多。劝老板时延日拖，赴瀛台力挽天河。好事多磨，驱散迷云，纪要调和。

注：陕北油田开发，是国家支持延安革命老区的特殊政策。一时千家万户无序开发，引起争议，有关部门拟收回陕北石油开采权。省上据此整治环境、整合采油企业。大批民企层层上访，在京城引起强烈反响。我作为省信访联系会议的召集人，多次参与群访事件处理。2005年5月，中办召开专题会议，研究如何化解陕北油老板在京维权影响大局稳定的矛盾。我奉命带队到中南海第三会议室汇报。在说清原委之后，向中央提出七点建议和请求。中办下发的纪要，最终采纳了我代表省上的呈请。此文件成为陕西争取地方利益，维护开发商的权益的"尚方宝剑"。为此，此行得到省委省政府主要领导的充分肯定。

忆江南·北戴河讲学

逢夏日，应急说危安。有效备防能去患，及时操控可排难。一席纵横谈。

注：2008年夏天，我应中纪委、监察部北戴河培训中心的邀请，做了一场突发事件应对的专题讲座，我从实战技能的角度出发，用案例阐释有效预防、控制、善后的关节点，分析如何避免应急决策的陷阱，受到学员的好评。

采桑子·贺《陕西历史文化百部丛书》出版

皇皇百卷三秦史，著述经年。鼎力攻坚，亲历艰辛视等闲。

古今文化传薪火，造福民间。雅俗同观，开卷书香溢满园。

注：历时八年，由省文联主席陈忠实担任主编的《陕西历史文化百部丛书》达洋洋1500万言，于2009年10月出版发行。这套丛书面向大众，内容涵盖历史、宗教、文化、艺术等。由名家撰稿，以史为据，雅俗共赏，可谓一书一名人、一书一故事、一书一景观，皇皇百卷如同陕西历史文化的百家讲坛。丛书出版后，引起中省媒体广泛关注。这项宏大的文化工程在政府没有一分钱投入的情况下，完全靠民间运作，被称为我省史无前例的一个创举。我作为这套丛书的总策划，与出版投资人、编撰团队的诸位专家学者在欣喜之余，倍感振奋！

甘州曲·应急管理研究

几经危急破难关，思警示，做钻研。著成专论忝为先，深悟续新篇。维稳定，悉力保平安！

注：我在中共西安市委、陕西省委机关任职期间，曾亲历了数十起突发事件的处置。自2003年"非典"事件在中央党校学习期间起，我联系亲身体验，一直致力于危机管理课题研究，先后出版了多本专著。2008年被聘为省政府应急管理专家库成员，2011年11月担任专家组组长，在本职之外又多了一份责任。

相见欢·哈佛谈应急

应邀哈佛交流，共相谋。援例析研规律，细推求。任虽重，靠联动，去殷忧。善用快刀，巧力解全牛！

相见欢·哈佛访学随感

百年名校枫红，曲廊通。入夜灯明星隐，望苍穹。拓新境，凭驰骋，思无穷。一任自由，畅想可称雄。

注：2012年11月16日我应邀在美国哈佛大学第三期"中国文化沙龙"做了《中国社会转型的路径与挑战》的主题演讲，介绍了我国应急管理正反两方面的得失，引起海内外媒体的关注。此前，我还与哈佛肯尼迪学院危机研究中心主任阿诺德·休伊特教授和政府绩效管理专家史蒂芬·凯德曼教授等同行进行了充分的交流和讨论，在多方面达成了广泛共识及合作意向。

竹枝词·扶贫感赋四题

爱洒民主村

转战突围经陕南，艰难岁月忆当年。
儿郎入伍筹粮款，百姓恩情重似山。

筑路架桥连爱心，红军儿女助村民。
行舟不忘悠悠水，情系老区同治贫。

注：红二十五军是从鄂豫皖苏区突围后，在陕南山区经过短暂的休养生息胜利转战川陕边区的先头部队。2006年夏，经我牵线搭桥，老红军徐海东大将之女徐文惠带领刘震上将、陈先瑞中将、黎光少将等开国将军的子女，来到父辈曾挥洒热血的商南杨镇民主村，捐助这里的父老乡亲脱贫致富。为此，我曾多次到民主村协调落实资金和项目。一年后，在这里隆重举行了道路桥涵和中心小学的落成仪式。

镇安扶贫

大山深壑半分田，献计运筹兴镇安。
秦楚咽喉多筑路，邑西仙境绘新篇。

注：2012年年初，在陕西省新一轮扶贫攻坚中，省人大常委会机关牵头，由八个单位组成两联一包工作团帮扶镇安县全面建设小康社会。我任省直机关镇安县扶贫团团长，多次到镇安调研，召开扶贫工作团会议，分解目标，突出重点，项目带动，包村包户，落实责任，到我离任时，共协调各方投入扶贫开发资金2亿多元，扶贫攻坚取得了阶段性成果。

沙漠花开

车行大漠卷黄沙，风疾草枯归暮鸦。
一早鸡鸣闻四省，荒滩险壑望无涯。

访贫问苦走千家，对口帮扶做调查。
退耕还草兴牧业，济困还须治风沙。

几度春风到定边，八方相助换新颜。
年年岁岁风光异，喜见夕阳衔远山。

扎根荒漠志弥坚，致力扶贫走定边。
春种秋收年景好，花开遍地更娇妍。

白于甘露

挖井惠民心愈坚，众人合力勇排难。
凿穿百丈山中石，引得千年幸福泉。

开渠建站水涓涓，百姓人家见涌泉。
十里八乡传喜讯，一瓢清饮润心甜。

自古白于尝苦咸，村头雨窖说辛酸。

长辞干涸乡亲喜，从此何愁吃水难。

注：定边地处陕西省的西北角，是黄土高原与鄂尔多斯草原的过渡地带。中部的白于山区，丘陵沟壑遍布；北部的风沙荒滩，与毛乌苏沙漠相连，位于陕甘宁蒙交界处。省人大常委会机关多年来在此对口扶贫。2008年始，我作为省直定边县扶贫团团长，曾多次到定边协调修公路、建水窖、办学校。2009年秋，在扶贫团的协调下，经过当地和水利部门八个月的苦战，终于在白于山区打出了一口2000多米深的甜水井，并建起了供水系统，使学庄人结束了"吃水难"的历史。在推广退耕还草还牧的同时，示范引导农民大面积种植土豆，以及大棚蔬菜、荞麦、胡麻等，使当地农民群众的收入有了较大增长。

长相思·起草人大报告

笔含情，墨含情，伏案灯下拟政声。拳拳民意萦。

宪政风，廉政风，放眼寰球大道行。融融暖绿汀。

七绝·建设四型机关

（一）

流年似水逐三春，风过悄然了无痕。
夜寐夙兴勤引领，笃行五载共甘辛。

（二）

春苑莺啼绿映红，居高声远藉东风。
惯看乍暖还寒季，已付几多烟雨中。

注：我担任陕西省十一届人大常委会秘书长以来，坚持抓学习型、服务型、和谐型、节约型机关建设，从愿景导向、机制创新、流程规范、文化聚力入手，打造机关一流的执行力，在服务人代会和民主法治建设上有了新突破，取得新成效，2011年度机关民主测评满意度达99.32%，并且省统计局组织的全省民调显示，人大机关在省直机关社会公众评价获得了第一名。

七绝·探望下派同事

红叶秋山一路情，履新负重踏征程。
今朝折柳同君别，寄语殷殷勉笃行。

七律·壬辰感怀

风清月朗忆华年，过眼层云了似烟。
临壑直须心静对，登峰方可目高瞻。
内修且避舟车远，外敛当离庙殿喧。
千语何如杯里酒，从容淡泊自神闲。

注：一纸公文，退居二线。卸下40余年的重负，顿感释然，多年夙兴夜寐的辛劳，皆如云散。此时此刻，感到一种从未有过的轻松和舒坦，正如一位哲人所说，闲暇是人生中唯一的幸福本源。

七绝·龙年新春赠友

独望终南揖远山，遥吟归去瞩新天。
寄心旷野无为意，何憾钟鸣梦未圆。

附 ｜赠维民同窗

许 丽

几多往昔急难事，今日听闻仍惊魂。
帐内运筹千般苦，坊间忧解万户人。

附 | 赠维民代表

王 茸

只为来生无遗憾，不为今世有名传。
青春一去不复返，月到中秋自然圆。

七绝·六十初度

马驰千里岁相逢，伏枥回眸甲子庚。
莫道风云多变幻，守黑知白月华澄。

注：退居二线后有了闲暇，走了一些地方，读了一些书，引起些许思考。记得著名物理学家李政道曾说，宇宙中存在大量的弱粒子、轻粒子，那些"暗物质"约占到宇宙总质量的95%以上，"暗能量"是人们已经知晓能量的14倍以上。这给我们一个启示，就是社会科学要向物理学家学习宇宙观和方法论，要善于在社会工作者和人类的精神空间寻觅那些容易被忽视的"弱粒子""轻粒子""反物质""暗能量"。正如《老子》第二十八章云："知其白，守其黑，为天下式。为天下式，常德不忒，复归于无极。"白与黑是形与神、道与器的结合体，无极和太极是相互依存、相互转化的，它是事物的虚实镜像的两面，是阳变阴合、变易圆融的。我遂以"知白守黑"为题，写成了《白与黑》一书。

七绝·和仇中文友

庙堂渐远逐秋潮,驴背行吟且运毫。
举世誉非何劝沮,但修无己慕逍遥。

注:《庄子·逍遥游》云:"且举世而誉之而不加劝,举世而非之而不加沮。"

附 丨 寄维民友

仇中文

驰誉自凭骐骥足,挥毫尽显凤凰毛。
运筹善借汉家箸,笑对夕阳藏宝刀。

注:骐骥:"骐骥骅骝,一日而驰千里。"(《庄子·秋水》)凤凰毛:宋谢超宗善文,时人曰:"超宗殊有凤毛。"

七绝·抒怀答友人

抒怀言志发心声,莫道廉颇老不争。
往事并非皆逝去,以诗会友乐归程。

注:老子曰:"夫唯不争,天下莫能与之争。"

附 | 次韵和维民兄

仇中文

心所同然肺腑声，廉颇能饭但无争。
桑榆非晚秋光好，恨别鹅湖踏雪程。

附 | 赠维民贤弟

刘 军

今宵座上多良朋，一缕温情诉边声。
诗稿不成传诗趣，春节未到坐春风。
孤独月伴朦胧夜，崔嵬山飞寂寞鹰。
岁去如花香落落，泉流似梦水淙淙。

天净沙·秦岭生态调研

诸君遍访春山，忍看违禁频繁，满目疮痍痛叹。椎心呼唤，共同呵护家园！

注：巍巍秦岭，作为中国的南北分水岭，堪称"父亲山"。2014年3月至6月，我与八位省政府参事，跋山涉水，对秦岭北麓生态环境保护的现状进行了深入调研，发现秦岭北麓存在着不同程度的乱采滥挖、乱砍滥伐、乱搭滥建、乱排滥放的问题，写成调研报告，从而引起媒体和有关方面的高度重视，政府对"四乱"问题铁拳整治，收到了明显的效果。

七古·全国第十四届公文学术年会感赋

枢机经国溯渊源，史有尚书独成篇。
文苑耕耘数十载，七年四聚共晤谈。
陈言革故当去伪，风气鼎新须领先。
策令古来求异彩，公文今日多承传。
国衰文气多诏媚，治世之音思危安。
语达雅时意骏爽，质于敦处情笃坚。
卒章结句志自显，辞朴无华端直言。
辅政秉书留佳作，睹文思圣追前贤。

竹枝词·寄言诸君并答友

公文写作倡新风，务去陈言假大空。
民众喜听真实话，寄言诸位不盲从。

注：2008年7月我出任中国公文写作研究会会长，2012年7月连任，我与研究会同人一起致力于推动中国公文写作研究的系统化、科学化和现代化。2015年8月召开的第十四届年会以党政机关公文新文风、新规范、新趋势为主题，这是近两届来召开的第四次学术会议，正引领全国公文研究风气之先。

附 | 贺第十四届全国公文学术研讨会在成都召开兼致与会诸君子

何新国

大雅秋行拜草堂，恭迎诗圣点评章。
竹枝爱唱民间调，转变文风问老乡。

附 | 年会倡新风

李文娟

公文年会乙未秋，老友新朋再聚首。
细雨叮咚甘霖畅，清风劲舞众为谋。

天净沙·《关学文库》在京首发感赋

史经八百余年，大儒关学鸿篇，踵武山高水远。集成文献，溯源心慕先贤。

浣溪沙·读《关学思想史》有感

论道关中数十年，设坛化育着先鞭。民胞物与尚仁贤。

张子正蒙驱蔽惑，西铭警世礼为先。横渠四句震人寰！

注：宋代张载在家乡陕西眉县横渠聚徒讲学，创立宋代四大学派之一的关学，成为北宋理学的奠基人之一，对中国哲学史和关中思想文化史的贡献是多方面的，在中国学术思想发展史上占有突出的地位，并对11世纪后的哲学思想发展产生了积极的影响。《正蒙》是张载思想的代表作。其第十七篇《乾称篇》，首章命为《订顽》，末章命为《砭愚》，分别抄贴于书院西窗、东窗上。程颢、程颐非常推崇这两章文字，改称为《西铭》《东铭》，尤其是《西铭》，代表了张载的人格境界，为后世学者所推崇。

我有幸忝列于"十二五"国家重点图书出版规划项目《关学文库》组委会，参与了一点工作。文库总主编刘学智先生将其专著《关学思想史》签名赠我。读后深思，为张载"为天地立心，为生民立命，为往圣继绝学，为万世开太平"之气度、情怀、宏愿所感动，遂填词以抒怀。

附 | 浣溪沙·初闻关学致维民兄

仇中文

眉县先贤一帜升，横渠关学净心灵。正蒙彝训遂成经。

张子课徒尊四为，程门崇理赞双铭。于民润国世垂青。

五绝·赞吴福春书中印边界"极地"碑

剑心凝极地，浩气越高山。
铁划千钧力，豪情壮此关。

甘州曲·情系西部

家严携我到长安，依灞柳，望高原。梦萦西部度韶年，花甲举征帆。兴智库，高瞩白云间。

注：2016年初夏，耄耋之年的省上老领导将创建18年的"陕西中国西部发展研究中心"的理事长重任交与我，希望能依托西北大学，把中心建成立足陕西、面向西部、服务全国的新型智库。于是我会同一群退而不休的"60后"披挂上阵，为报效第二故乡，向着"一带一路"再进发。

行

卷三 岁月抒怀

吟录

七绝·中秋夜雨

（一）

秋夕何寻桂魄圆，梧桐夜雨正绵绵。
庭槐寒影弦声近，登阁凭栏水接天。

（二）

揽月无踪亦怅然，蟾宫寂寂夜尤寒。
姮娥长忆人间世，一梦婵娟万里天。

七绝·重阳登秦岭

沣峪庄园隐岭中，桑榆未晚夕阳红。
陪同二老登高处，极目八方秋色浓。

注：2002年重阳节前适逢假日，抽空陪父母来到秦岭北麓的沣峪山庄，这里距沣河的发源地鸡窝子很近。一路上友人老张为二老热情讲解，夕阳西下时分登上最高峰，在分水岭上拍照留念。

七绝·博士毕业感赋

（一）

攻博何辞万里遥，今逢盛典逐心潮。
谨遵庭训知书礼，追远怀宗砺节操。

（二）

觅得清泉活水来，深山小径独徘徊。
严霜欲掩三秋蕊，且待春催晓日开。

七绝·杭州会友

（一）

偕友雷峰塔下游，如烟往事涌心头。
京都遥忆防"非典"，掠燕湖边志未酬。

（二）

相携登高对觥筹，三秋桂子可驱愁。
寻根千里归来去，醉卧刘庄月满楼。

竹枝词·夜饮沈家门

（一）

舟山渔港海滨行，灯火未阑夜市声，
数里海鲜排档里，清蒸热炒即时烹。

（二）

杨梅烧酒一坛开，满座举杯皆忘怀。
豪气无拘难得见，畅饮今宵醉不回！

七绝·重阳感怀

酒香肴美意逍遥，九九重阳乐此宵。
赏菊畅谈人不寐，新醅旧友胜春朝。

十六字令二首

奥运火炬手

和，火炬熊熊一路歌。祥云里，古邑绽新荷。

奥运会开幕式观礼

强，溢彩流光夜未央。雄狮舞，举世瞩东方。

注：2008年夏，我有幸作为西安市第068号奥运火炬手，身着印有国徽和五环的运动服，高擎着祥云火炬，奔跑在大街上，一种强烈的爱国主义荣誉感、责任感油然而生！

七绝·葡萄架下寄怀念

（一）

伟人辞世冷秋霜，噩耗传来欲断肠。
曾忆当年除妖孽，狂澜力挽为安邦。

（二）

葡萄架下梦还乡，有幸几番访华堂。
壮志难酬怀国事，慈容双目有锋光。

注：2008年8月20日，惊闻京城传来华国锋去世的噩耗！不料半年前的拜访，竟成永诀。十多年前，因与其长子的朋友关系，我有幸四次走进这个位于皇城根南街9号的院子，只见院中有两个枝繁叶茂的葡萄架和一些挂了果子的树木。据说这都是主人手植培育的，伴随着主人平静度过了27个充满生机的春秋。我曾与这位和蔼可亲的长者聊天，十分惊叹他超人的

记忆力，真实感受到一代伟人的风采，深为他心系人民的情怀和人格魅力所感动。

七绝·读《秋风辞》有感

汉武秋风唱棹歌，泛舟箫鼓济汾河。
英雄迟暮犹长叹，少壮寻欢老奈何？

注：读汉武帝《秋风辞》，颇多感慨。西汉孝武皇帝刘彻，接受董仲舒独尊儒术的建议，又采纳桑弘羊建议，将冶铁、煮盐、铸钱收归官营，国力日益强盛。曾派张骞两出西域，任用卫青、霍去病为将，进击匈奴，平息胡虏进犯。后因迷于封禅求仙，挥霍无度，徭役繁重，致使民力日殆，国库虚空。

七绝·和石松先生

相忆欢谈醉未眠，论书搦管对篱园。
石奇松劲龙飞舞，满纸风云已忘年。

附 | 相 聚

石 松

花影扶疏卧兔眠，藩篱修竹绕庭园。
觥筹交错长庚启，一醉方休不晓年。

七绝·无题

（一）

人将老矣日匆匆，历届为僚岂为功？
廿载履冰无闪失，应知甘苦与君同。

（二）

星移斗转月朦胧，但见红花映绿丛。
老树逢春萌叶日，廉颇梦醒怅然中。

（三）

野草何能傲碧空，莫非倚势借东风。
花开墙内无人识，别苑移来分外红。

七绝·怀故人

睹旧照感怀次韵奉和访贤兄

往事如烟涌眼前,并肩苦战亦心甜。
青丝飞雪今重见,旧影情深忆盛年。

痛悼升全兄

焊花飞溅战炉前,铸剑锤声震九天。
旧梦依稀班长影,从兹永隔泪潸然。

注:1977年7月1日,为了纪念党的生日,我们二机部五二四厂四车间党政领导班子的四位同志照了一张合影。当时,年龄最大的吴访贤同志45岁,我最小,只有22岁,我们在工作中团结一心,凝成了兄弟般的友谊。2014年年底,当时的"班长"梁升全因病住院,我们几位曾经并肩战斗的兄弟,聚集在病房,回忆起为核工业大会战的情景,百感交集。事后,83岁的访贤老大哥为之深情地写了一首诗,我也奉和一首。时隔不久,老梁同志永远离开了我们。我又含泪吟诗一首,送别升全兄。

附 | 题昔年留影

吴访贤

回首三十九载前,尝尽人间苦与甜。
昔日合影再展现,已是花甲耄耋年。

七绝·次韵和石松先生

京城小院草丛生，石上凌云不老松。
莫叹年华春已去，微醺走笔笑秋风。

附 | 无 题

石 松

（一）

黄花绿树草青青，无事闲游小院中。
又是一年秋色至，寒霜过后又春风。

（二）

无穷岁月增中减，转眼之间又一年。
不老苍天人易老，还余我等几多年。

附 | 遐 思

石 松

人生岁月几蹉跎，斗转星移劫难多。
世态炎凉随雪浪，人情冷暖逐云波。
风霜雨雪承三界，苦辣酸甜入五河。
一度凡尘皆瞬逝，劳君为我颂弥歌。

忆江南·咏松和石先生

青松好，老树又逢春。沐雨迎风枝似铁，经霜凌雪叶如针。挺立入层云。

附 忆江南·乡思

石 松

（一）

家乡好，往事记犹新。春似翠屏花戏树，秋如宝扇地生金。怎会不迷人？

（二）

时境过，老眼已花昏。霜染红林绘古画，风吹白雪抚清琴。落叶自归根。

注：清琴，出自三国曹丕诗："有客从南来，为我弹清琴。"

七绝·和石先生新作

先生身健笔如椽，西域秋游更尽欢。
大漠雄风寻旧梦，漫吟辞采赋新篇。

附 七 绝

石 松

游酒泉航天城有感

金塔银桥越九天，飞云直上会婵娟。
遥空巡看星河外，华夏千秋故梦圆。

内蒙古额济纳胡杨林

千里黄沙万里风，胡杨布阵显豪雄。
身经百战平天下，金甲盈秋大漠中。

七律·咏桂答刘军兄

如云密叶筛明月，俯首老枝横小窗。
千里玉华浮皎洁，三秋金蕊送芬芳。
不同艳卉争甘露，且任苍干染冷霜。
虽近黄昏何惜叹，风清星淡自悠长。

附 | 自在吟和维民兄

刘 军

睡去醒来凭自然，功名利禄且由天。
长街夏日会高士，斗室秋风梦故园。
碌碌无求人率性，格格不入泪孤单。
土豪嘲我亦无奈，聊把乾坤作笑谈。

附 | 赠友人

刘 军

老夫习篆五十年，画鬼不成反类仙。
撇捺点裰求古意，抑扬顿挫效时贤。
熟能生巧乾坤大，勤可补拙天地宽。
最爱知音善解我，聊将补壁慰轻闲。

忆江南·互联网＋随感

重建构，黑马跃峰巅。智慧神通凭数据，物联传感上云端。百业启新元！

鹧鸪天·抗战胜利七十周年感怀

残月如钩照古桥,金陵泣血恨难消。黄河饮马驱顽敌,亮剑挥刀着战袍。

持久战,杀声高,同仇御寇显英豪。当知大势师前事,反战形成世纪潮!

附 | 鹧鸪天·参加镇海抗战学术论坛读民弟词步原韵以和

桂维诚

七月烽烟漫古桥,抚碑忆昔迹难消。戚家山上驱凶寇,血色黄昏染战袍。

家国恨,路迢遥,历来故国出英豪。纵谈御敌歌慷慨,四抗同看镇海潮!

注:吾乡镇海口为历代抗倭、抗英、抗法、抗日之海防要塞。1940年7月17日,日寇由海上入侵镇海,抗日将士喋血苦战三日两夜于戚家山,几度白刃战夺回阵地,终于击退敌军。

七绝·贺云儒先生七十五寿辰

（一）

肖翁翰墨着先鞭，云海逍遥兴更酣。
儒学于胸霞彩蔚，正瞻论剑华山巅。

（二）

文苑驱驰五十年，星辉遍洒丝路间。
云松仙鹤同延寿，儒学新添锦绣篇。

注：肖云儒是生活在黄土地上的中国文化名人。20世纪60年代，不满20岁的他提出散文"形散而神不散"的观点，影响了中国文坛几十年；他的《独步岚楼》《撩开人生的帷幕》《对视》等著作，在中国文艺评论界独树一帜；其书法作品亦享盛名。更难能可贵的是，他在74岁时，重走丝绸之路，行程万里，每日一文，展示了对丝路历史和丝路精神的独特思考；在纪念抗战胜利70周年的日子里，他又在西岳华山纵论黄河气魄和华山精神，提出发扬中国精神就要铸剑、亮剑、出剑，在海内外引起强烈反响。值此云儒先生75岁寿诞之际，谨吟二绝以贺之。

七绝·九三诗社成立志喜兼答诗友

岁月如歌各一方，今情古韵喜同堂。
遣词觅句言忧乐，诗友共吟风物长。

附 | 贺九三诗社成立

梅 强

才俊结社谱华章，煮酒论道少年狂。
句有短长长短句，芳分迟早早迟芳。
唐家杜甫草堂怨，楚天屈子汨罗殇。
而今高山奏流水，抒情言志岁月长！

忆秦娥·津港"八一二"事故反思

闻霹雳，冲天爆炸津门急。津门急，几多人祸，横遭殇殛！

平民罹难悲难抑，英雄殉职苍天泣。苍天泣，劫余查案，岂容姑息！

十六字令·抗战胜利七十周年大阅兵

（一）

强，检阅雄兵震八方。军威壮，铁血筑铜墙。

（二）

强，抗战功勋获奖章。英雄气，壮士享荣光。

（三）

强，铸剑为犁百炼钢。裁军好，喜看鸽高翔。

减字木兰花·答中文兄

金陵夜静，两岸翠竹摇月影。酒醉迟归，击节同吟一剪梅。

黄河水沛，壶口涛声惊陕北。曾忆当年，万里滔滔向海天！

附 减字木兰花·致维民兄

仇中文

秦淮静静，映现石榴红艳影。雁塔巍巍，远眺缤纷傲雪梅。

汉中古沛，拜将歌风威海内。欣喜尧年，拔地松槐共倚天。

七绝·诗友酬和

步原韵答谢仇兄

几缕余音正绕梁，诗词唱和伴花香。
友情如水琴心在，古韵新声慕大唐。

附｜喜读维民兄新组诗

仇中文

满月时常照屋梁，新诗读罢齿留香。
山河目遇皆增色，律韵沁心追宋唐。

教师节感赋

白露秋晖映校园，门墙桃李仰前贤。
程门立雪崇师德，偶执教鞭心惴然。

注：白露消残暑，枝头秋果硕，又一个教师节来临了。近年来，我因出了几本应急管理方面的书，被西安交通大学、西北工业大学、西北大学等高校和中国延安干部学院、省委党校等聘为兼职教授，又悉为

博导育桃李。每年的教师节，总会收到学校和一些学生、友人的祝贺，不由得生出几分感慨。

附 | 教师节致老师

仇中文

一腔心血栽桃李，两鬓苍苍增笑颜。
但望桑榆观暮色，兰熏桂馥伴悠闲。

附 | 白　露

仇中文

（一）

时逢白露消残暑，高木枝头秋果多。
霜菊初黄增野色，金风带彩染山河。

（二）

晨风习习送新凉，落木飘飘舞曙光。
草露晶莹疑似泪，流晖今日出秋阳。

咏芦花和仇兄

渭滨露白正秋朝，几处蒹葭指碧霄。
独傲霜华芦蕊举，扎根黄土岂清高？

附 | 芦花初放

仇中文

金风送爽添秋彩,丛苇初黄拥碧涛。
不负岁华争吐艳,新旄淡绿数枝高。

秋分说诗

金桂清秋吐蕊黄,久留里巷自幽芳。
人生诗意须长品,岂觅知音在庙堂?

附 | 秋　分

仇中文

气爽风清稻谷黄,庭园间巷桂芬芳。
人间最是金秋好,但恨无绳系月光。

附 | 作　诗

仇中文

七步八叉吟数句,推敲十许绿江南。
数枝非早求新意,诗作向来多美谈。

乙未中秋感怀答友

云掩月轮灯阑珊，竹篱蛩语菊花残。
须知巷陌人翘首，共盼驱霾见碧天。

附 | 中秋寄维民兄

仇中文

桂子馨香落木飘，三人两地月逍遥。
别来常忆鹅湖雪，我寄野桃君报瑶。

次韵和仇兄

一路行吟凭热血，与君唱和觅新诗。
逍遥自娱传音讯，且寄心声两地知。

附 | 欣闻桂兄诗集即将出版

仇中文

报答三秦曾沥血，吟哦四卷几多诗。
长安青鸟佳音至，我炷心香亦可知。

寒露感赋

漫步庭中感冷霜，时逢寒露菊初黄。
读书展卷增辞色，研墨书诗字溢香。

附 | 收藏秋色

仇中文

桐叶飘零桂子香，江芦新白菊花黄。
挥毫泼墨藏秋色，一卷山河万里霜。

附 | 和桂先生

崔自强

中秋已过桂留香，飒飒金风天转凉。
会友旅游时机适，谈诗论赋度夕阳。

七律·贺王西京先生七十寿辰

先生七秩壮怀宽，心系丹青水墨间。
笔底深情流纸上，胸中禅意注毫端。
光前裕后培桃李，铄古穷今绘圣贤。
新法白描兴画派，声名德望满长安。

注：读了王西京先生在生日庆宴上的讲话，不胜感佩，字里行间，乡情亲情，溢于言表，特别是看到先生对武大和广东老者的由衷褒赞，更见其仁爱之心、孝悌美德、责任意识。他作为一位有文化自觉、自省和担当的杰出老艺术家和文化领军人物，之于西安画院、之于陕西美术界、之于《时代人物》杂志等文化公益事业的贡献，将随着时间的推移而愈显其分量之重。诚如我曾在西安画院成立30周年座谈会上所说：一个人，一个群落，一个时代！先生始终有如此善良、仁爱、忠孝的人文情怀和艺术追求，不愧为陕西文化界的领军人物，更是晚生后学的楷模。

七绝·次韵答友人

去职退思知水深，纵观天地不须闻。
但求无愧平生志，蒙赠诗篇倍感君。

附 ｜赠维民兄

王华旭

层林尽染秋色深，桂子飘香天下闻。
德高才雄济当世，试问谁人不识君？

五古·答友人

肖老笔生花，美文传千家。
评点言溢美，艺术境无涯。
勖勉语殷殷，句句意味深。
从政当勉力，赤诚报三秦。
进为民发声，退亦须守成。
且行且吟咏，谈笑看人生。
前辈德艺馨，笔底物华新。
吾侪须共勉，诗文知寸心。

附 | 贺维民同志诗集付梓

刘云耕

欣读诗稿，有画面，有诗意，有思想，有激情，有情致，谨赋诗以贺。

七彩人生梦幻笔，九重道义骥伏枥。
深秋寒夜步霜园，月伴书香叹凉意。

附 Ⅰ 读《行吟录》诗稿感言

赵建纲

三才集一身，学者诗人官。
性情幽默者，堪为友中贤。
为官思进取，改革勇为先。
实践砥砺行，经纬发展卷。
勤政亦清廉，政绩实斐然。
为学著述丰，应急开新篇。
公文执牛耳，政经与人文。
秉笔书信言，卓识更不凡。
为诗寄真情，率性抒实感。
文质兼备之，情采辞绚烂。
才思如甘泉，正能沁心田。
常人得其一，可以为傲然。
如君最潇洒，三者皆可赞。
天资虽聪慧，勤奋亦谨严。
个中味甘苦，自励且自勉。
官袍终要脱，文章久立言。
诗文启心智，学问开眼观。
世间贵为民，鼎力再奉献。
情寄诗行间，望君续鸿篇！

附 | 读肖老《说桂维民诗词》有感

叶泽宇

文章事千古，诗词歌生命。
一手两支笔，遐迩皆闻名。
案上描蓝图，闲暇绘人生。
书社会百态，写山河美景。
述勤政履历，说家国人伦。
显责任担当，展胸中才情。
政绩有口碑，诗文多精品。
友人称桂君，幸福享人生！

附 | 题赠桂维民先生

石高宏

通晓体制创新，读书善独立思考
理解人生价值，阅人能平等交流
正气凛然

附 | 读维民诗词有感

秦天行

新诗迭出意境美，踏遍青山终不悔。
欲随桂君览神州，笔底生香花累累。

附 | 贺桂先生诗集刊行

李宗强

金秋时节风物长，稻菽泛波桂花香。
正是一年好风景，纵情兴笔写华章。

五古·乙未重阳赠石松先生

遥望北京城，仁者自悦怡。
花甲能登高，意兴未衰灭。
挥毫走龙蛇，吟咏情切切。
从容看人生，一路歌不歇。
苍松傲寒霜，临风对秋月。
会当同举杯，醉饮重阳节。

附 | 秋 想

石 松

满地新霜,为谁卸妆?南雁依依别秋去,流落半篱菊花香。残阳微微渐凉,落叶红红黄黄。静观深秋景色。此时却最断肠。

眼前三千繁华,亦是弹指刹那。漫步走,细思量,百年风流,一抔黄土掩藏。中秋过,又重阳,情更地久天长!

七绝·读路毓贤先生近作赠诗

路观风物采新词,毓秀河山数典时。
贤士穷经须饱读,君襟俯畅赋佳诗。

附 | 步维民兄韵回赠之

路毓贤

桂宫曾赋步蟾词,维是仙麓引凤时。
民有古风当展读,君才八斗入新诗。

附 1 赴福建省考察采风诗

路毓贤

武夷山

洞天福地有仙缘，山水皆因胜迹传。
河海横流师大禹，桑麻丰稔颂尧天。
朱熹有悔闻龟语，彭祖无私种寿田。
伯武叔夷存浩泽，伊人耕读乐无边。

崇阳九曲溪

崇阳九曲映山光，岫入龙潭倒影长。
狐恨泥龟含泪遁，凤随玉女伴箫翔。
苍龙映日披银练，古树逢秋着锦裳。
荆浩范宽应到此，醉留神笔万世香。

崇阳九曲溪泛舟

武夷胜境远尘樊，妙境幽奇不可言。
地赖三皇开绝域，天教万化启乾元。
研朱难点红芳落，泼翠忽成碧浪翻。
槎上静观情自醉，心中顿觉在桃源。

万亩荷塘

千顷平畴岭四围，仙人泼翠碧云飞。
清风常送幽香至，玉露未随朝日晞。

花似美人初出浴，叶成宝盖尽迎辉。
凤凰池畔凝神望，佳丽三千聚紫微。

五夫镇朱子故居

昔瞻邹鲁行千里，今仰紫阳楼数间。
学集百川成大海，道涵众壑是高山。
宋贤明理师濂洛，明哲穷经踵闽关。
公植香樟惟荫后，大同宏愿现人寰。

游下梅古镇

武夷佳气胜匡庐，碧水奇峰景象殊。
白鹤锦霞生绝域，紫芝瑶草出蓬壶。
玉川采莽餐云鼎，鸿渐遴芽烹雪炉。
贡品盛名传四海，下梅无愧古茶都。

南靖怀远楼

中原逐鹿几时休，鲜血成河泛杵流。
高贵士绅何礼乐，低微黎庶更悲忧。
欲寻世外云山遁，却得人间风水优。
土筑圜楼成一统，敦仁怀德固千秋。

南靖怀远楼

东歪西斜七百年，匠心独具史无前。
金墉百仞汤池固，玉镜千秋盖顶悬。

龙捧明珠瞻气象，鹤眠古木任云烟。
武陵自有秦人住，闽粤无山不洞天。

注：过裕昌楼见广告"东歪西斜七百年"句而引首起韵。

附｜南阳行

路毓贤

南阳汉画像石馆有怀

天宝物华祥霭萦，汉遗贞石出佳城。
青龙捧日凌金界，白虎浮霞镇玉京。
天禄轩昂成吉象，辟邪雄峙佑苍生。
绝伦刀笔犹神授，妙造自然无雁行。

南阳卧龙冈

生逢乱世欲何求，陇亩躬耕隐草丘。
虎卧平冈非久事，龙藏方泽是良谋。
先知缘定隆中对，尽瘁心为汉祚忧。
三顾鸿恩酬二表，功同伊吕誉千秋。

游南阳月季博览园

洛邑天香仅一旬，宛城月季四时春。
梁园草木风神古，隋苑池台雅韵新。

玉蝶金蜂欣作友，茅亭修竹喜为邻。
凭栏遥眺花成海，仿佛吾身在紫宸。

登南水北调河南陶岔渠首枢纽大坝有感

禹甸宏规一脉传，远从盘古与开天。
碧虚有缺女娲补，沧海无涯精卫填。
秦筑长城非绝后，隋开漕运是空前。
丹江今始京津上，宛似青龙入紫烟。

参观荆紫关蚕桑基地有感

自古农家喜拓荒，新开硗土艺蚕桑。
喜看畦垅枝间叶，难慰翁妪鬓上霜。
吐尽银丝终自缚，化成金蝶更迷茫。
说穿世事皆如此，谁不帮人做嫁妆。

南阳淅川县荆紫关镇怀古

丹江浩浩出秦山，奇货乘流入楚关。
坐贾行商盘集市，兰槎桂棹泊津湾。
金芝玄漆销齐晋，玉术丹砂走狄蛮。
一枕繁华百载梦，夕阳依旧两峰间。

七绝·贺《时代人物》网改版上线

时经数载荟群贤，代启新思涌碧泉。
人世襟怀陈百味，物华真语有奇篇。

江城子·海南归来和友人

归来夜半步匆匆，正寒风，雾冥穹。甫别海南，盈鼻异馨浓。且远庙堂同进退，酬和乐，两诗翁。

觅闲行旅问游踪，夕晖融，鹿途穷。海角天涯，寄意水云中。玉宇何年澄似碧，湖岸柳，尽葱茏。

附 | 江城子·迎新年

仇中文

星移物换岁匆匆，正西风，冷苍穹。疏影横斜，推牖暗香浓。记得壬辰知进退，圆句号，做闲翁。

三秋转瞬远行踪，乐融融，趣无穷。虽

晚桑榆，常醉夕阳中。又值新年新节令，春已近，待葱茏。

附 | 江城子·暮秋

（和桂、仇二君）

崔自强

时光流逝太匆匆，览群峰，望苍穹。滚滚阴云，大雾正加浓。岁次壬申依律退，居陋室，做痴翁。

人生一世有遗踪，乐融融，不嫌穷。正直为人，处世要中庸。淡酒清茶粗米饭，植绿地，境葱茏。

格律诗·次韵和盘谷先生

七绝·秋雨感怀

匆匆六秩忆从头，古邑初霜草木秋。
洗净埃尘清气爽，雨中松柏更苍悠。

七律·忆镇海口观潮

一川东去蔚霞云，潮涌晴岚草木熏。
戚帅抗倭驱贼勇，林公御敌运筹勤。
纪功吴杰扬名节，喋血英豪战寇群。
雄镇从来多壮士，拂碑读史古今闻。

注：吾乡镇海古称蛟川，襟江临海，自古为海防重镇，有抗倭、抗英、抗法、抗日遗址多处，如戚家山抗日纪念亭、威远城、林则徐纪念堂、吴（杰）公纪功碑亭等，现建有镇海口海防遗址陈列馆。

附 ｜ 七绝·秋雨

盘 谷

清风吹过柳梢头，湖水山花一色秋。
雨涤尘思千万缕，鹤亭前醉岁悠悠。

附 ｜ 七律·游盘谷

盘 谷

一眼甘泉向五云，太行幽谷出烟熏。
千年古寺蛟龙遁，十里新桃润雨勤。
隐士穷居图玉节，大夫富达逐蝇群。
文公捉笔嗟何处？碑上鲜苔没旧闻。

五律·次韵答衲川君

万里驱驰路，三秦水土亲。
心间民意切，纸上谏言真。
雨润生新叶，根深遍绿荫。
感君多勖勉，自愧学诗人。

附 | 读桂维民《行吟录》有感

衲 川

一本行吟录，万般赤子亲。
篇篇表率意，首首含情真。
掩卷留思忖，得福报祖荫。
三秦添妙笔，无愧桂门人。

清平乐·千岛湖即景

水阔舟小，明镜浮千岛。灯影波光秋色好，歌乐声声共祷。

亭中小坐烹茶，遥闻笑满渔家。世外桃源何觅，心宽福乐无涯。

七律·贺石先生伉俪紫晶婚

神仙双侣紫晶情,连理相依瑟共鸣。
磐石不移迎浪立,青松长伴逆风行。
时光未老春常在,江海难枯水共生。
虽近黄昏霞最美,满天霓彩夕烟轻。

附 | 七律·紫晶婚有感

石 松

两小无猜竹马情,鸳鸯比翼凤鸾鸣。
朝朝暮暮齐眉举,岁岁年年并步行。
绿柳红花随境去,枯藤老树适春生。
青丝如雪缘依旧,偕手同心万物轻。

更漏子·步立春词原韵

雪消融,佳节至,枝上蜡梅春始。寰宇碧,九州清,奋金猴向荣。

诗翁近,常相问,唱和同吟远韵。醉泼墨,且痴狂,挥毫满纸香。

附 | 更漏子·立春

石 松

望晴空，春日至。万物复苏伊始。冰解冻，水返清，春催草木荣。

年已近，欣相闻，庭院歌声琴韵。挥毫管，欲癫狂，风吹翰墨香。

醉花阴·清明塬上踏青

春色清明塬上走，杨柳垂丝秀。车路绕村中，翠柏苍松，盈绿沾衣袖。

忽闻一曲秦腔吼，千里穿云透。风物觅民间，黄土豪情，大碗添稠酒。

附 | 醉花阴·踏春

石 松

春半晓寒升碧雾，斜月迎晨露。柳绿菜花黄，堆雪拥红，粉紫盈千树。

花中来去观碟舞，梦醉寻芳路。理鬟面桃花，淑质清香，笑语留归暮。

七绝·春节试笔

喜见金猴别马羊,庭前魏紫映姚黄。
匆匆犹惜年华去,同赋新诗沐曙光。

附 | 丙申春节

仇中文

岁末河梁送未羊,梨花柳絮冻鹅黄。
申猴破晓三朝始,万里春风暖曙光。

七绝·闻江南初雪

夜来飞雪花千树,玉叶琼枝映彩云。
素雅江南增韵致,新吟香溢念仇君。

附 | 赏雪并寄维民兄

仇中文

满目梨花压冬树,九霄柳絮冷寒云。
银装素裹生诗意,六出无香赠予君。

七绝·遥忆故乡

遥望江南萦旧梦,渺然风物已无多。
岁华飘忽乡音远,杨柳年年挽小河。

附 忆扬州

仇中文

明月二分西子瘦,烟花三月鹤来多。
玉箫吹夜古城醉,百里锦帆遮运河。

七绝·贺母校西安交大一百二十周年校庆

弦歌动地醉春光,一别申城岁月长。
纵览风云双甲子,长安凤舞又高翔。

临江仙·咏火凤凰

月涌长河天阔,春山绿水盈盈。西来神鸟欲飞腾。耀州风浩荡,浴火又重生。

龙舞凤翔华夏，千年名酿传承。国花瓷韵出新瓶。陈炉醉古镇，丝路纵诗情。

浣溪沙·恒光精神

烈日寒风四季殊，开山劈石探荒芜。恒光铸剑可摧枯。

飞架虹桥天路险，千峰踏遍拓通途。云霞万里碧天舒。

桃源忆故人·悼陈忠实先生

呦呦白鹿君归处，灞柳梦回环顾。十里暮春烟树，绝响悲千户。

蓬门膝桌书宏著，揭秘百年心路。一曲老腔情愫，俯仰歌今古！

醉花阴·马里兰大学毕业季观礼有感

初夏芳华沾晓露,林下嬉松鼠。学子遍寰球,姹紫嫣红,才俊知无数。

智能对话通幽处,六载科研路。长夜伴寒灯,盼得春风,更待花千树。

五绝·和仇兄

去国云程远,观光赤道行。
江南诗友意,散淡有深情。

注:读仇兄赠诗有古意,正如明代高棅批点李白《沙丘城下寄杜甫》云:"散淡有深情。"

附 | 读李白送杜甫诗寄桂兄

仇中文

同行石门路,鲁酒醉秋阳。
浩荡汶河水,梦经西岳冈。

注:"浩荡"句:语本李白《沙丘城下寄杜甫》诗句:"思君若汶水,浩荡寄南征。"

七绝·贺一带一路研究院与西部英才基金成立

西域鼓声诗兴豪,英才荟萃领风骚。
满堂金玉清音发,一带东风一路涛。

附 | 和维民先生

李雪梅

一带一路奏华章,秦人挥毫尽思量。
共襄盛举筑梦想,志士同欢意飞扬。

临江仙·忆南湖红船

红船驱浪征腐恶,扬鞭马踏昆仑。哪堪回首祭忠魂?眼前波涌,天外望星辰。

莫问去程千里路,但凭风骨精神。繁花谢了几晨昏?载舟凭水,筑梦再寻春。

注:依唐代张泌《临江仙》词谱填成。

卷四 诗书传家

一 献诗

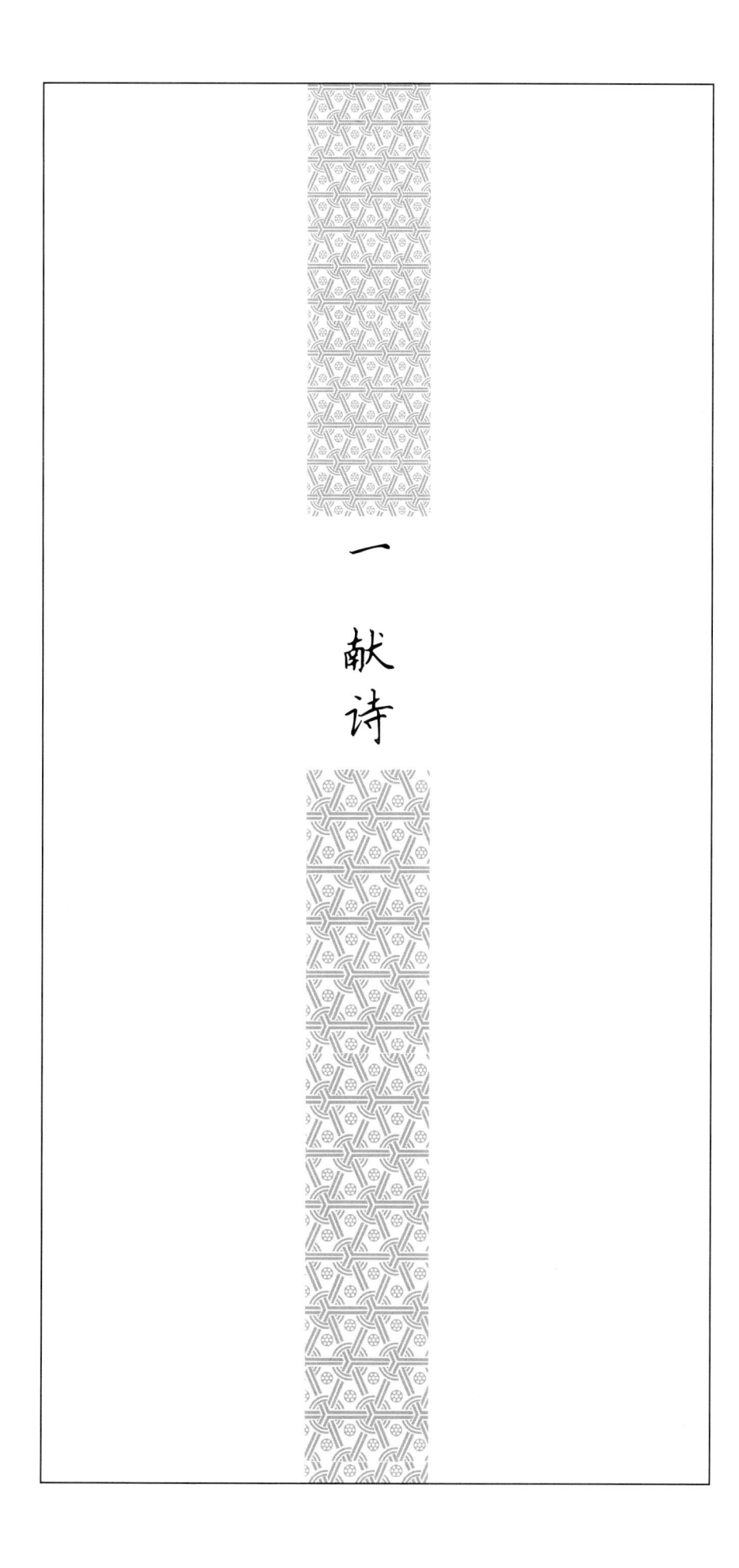

敬献父亲

桂运周（1925—2010）

世居宁波，故里出生；
浃北小学，开笔启蒙；
负笈申城，勤读谨行。
日寇入侵，家业凋零；
辍学难赓，孤岛飘蓬。
钻研营造，术业专攻；
弱冠探索，羽翼渐丰；
得师青睐，寄望传承。
向往光明，投笔从戎；
百废待兴，辗转工程；
而立盛年，事业向荣。
支援内地，离沪西行；
古城创业，满怀激情。
金属结构，新厂建成；
诸大工程，屡建奇功。
"文革"受挫，不改忠诚；
改革开放，喜迎春风。

肩负重任，荣任总工；
建筑机械，遐迩闻名；
科学大会，载誉夺银；
科研兴厂，自主创新；
鼎新革故，华发渐生。
退而不休，心系时政；
勉励后辈，春晖情浓；
毕生奋勉，厚德高风。

赞曰：
耄耋家严立风范，科技报国壮志酬。
少年攻读勤登顶，弱冠探求苦行舟。
而立业已立而盛，不惑意犹惑且忧。
才华未展半百岁，壮志不已花甲秋。
沥血呕心忘一己，科研创新达五洲。
坎坷岂改赤子志，蹉跎平添白发头。
纵无伯乐识骐骥，更有高风昭春秋。
天际桑榆晚霞满，青山依旧情未休。

敬献母亲

吴素卿（1928— ）

生于宁波，度过童年；
母女相依，膝下承欢。
父亲在沪，十岁丧母；
自立自强，姑婆相抚。
十一开蒙，刻苦读书；
年余辍学，十四赴沪。
父亲续弦，又育弟妹；
操持家务，不辞劳累。
父辈介绍，十九出嫁；
喜结良缘，恩爱有加。
侍奉公婆，尽孝尊老；
喜得两儿，哺育幼小。
历尽磨难，始得安宁，
返里暂居，三子诞生。
举家西迁，定居西安；
生儿育女，持家勤俭。
参加工作，日夜奔忙；

不让须眉，屡获表彰。
自奉节俭，持家有方；
衣食无虞，老幼同堂。
儿行千里，母心戚戚；
子女长成，嫁女娶媳。
孙儿绕膝，四世融融。
慈爱关怀，春晖恩重！

赞曰：
童年丧母多艰辛，自立自强持家勤。
辗转东西治家政，不甘人后出家门。
工作操劳担重任，一丝不苟最认真。
克俭克勤人称赞，相夫教子家风淳。
公私兼顾堪为范，培育儿女寄爱心。
风雨同舟不离弃，相濡以沫近黄昏。
欣逢盛世夕阳红，耄耋伉俪喜弄孙。
漫步同看枫林晚，相携钻婚两情深。

注：2010年5月，由父亲亲自定名为《我们一家》的纪念画册付梓，以上敬呈父母的献诗均刊载在册。当时父亲身染沉疴，卧床期间，每每翻阅画册，回顾逝去的岁月，情难自已，不禁老泪纵横，此情此景，至今犹历历在目。

二　祭父

敬挽先父祭文

　　维公元二〇一〇年十月十一日，岁次庚寅，序属商节，先父驾鹤西归。秋雨纷飞，草木含悲，哀乐低回，举家垂泪。恭祭先父桂公。辞曰：

　　先父毕生立风范，科技报国壮志酬。少年攻读勤登顶，弱冠探求苦行舟。祖籍宁波，世居鹭林；乙丑九月，故里诞生。浃北小学，开笔启蒙；随父迁居，安家申城；负笈勤读，谨言慎行。日寇入侵，家业凋零；辍学难赓，孤岛飘蓬。钻研营造，术业专攻；弱冠探索，羽翼渐丰；得师青睐，寄望传承。向往光明，投笔从戎；百废待兴，辗转工程；而立盛年，事业向荣。

　　奉献青春，不改初衷；岁月悠悠，风雨兼程。支援内地，离沪西行；古城创业，满怀激情。金属结构，新厂建成；诸大工程，屡建奇功。"文革"受挫，不改忠诚；改革开放，喜迎春风。肩负重任，荣任总工；建筑机械，遐迩闻名；科学大会，载誉夺银；科研兴厂，自主创新；鼎新革故，华发渐生。退而不休，心系时政；勉励后辈，春晖情浓。斗移星转，岁月匆匆；半个世纪，孜孜前行；回首来路，圆满功成。而立业已立而盛，不惑意犹惑且忧；才华未展半百岁，壮志不已花甲秋。

　　抚今追昔，奋力远行；厚德载物，无悔此生。沥血呕心忘一己，科研创新达五洲；坎坷岂改赤子志，蹉跎平添白发头；纵无伯乐识骐骥，更有高风昭春秋；音容宛在传美德，心系三秦情未休。大德遗爱，山高水长；饮水思源，恩铭高堂。缅怀先父，传承弘扬；告慰先父，伏惟尚飨！

　　岁次庚寅九月初六（2010年10月13日）

辛卯清明祭父文

维辛卯暮春三月，清明之日，谨以清醇美酒、芬芳鲜花、纯素纸钱、蔬果家肴，敬献于先父桂公之灵前并告曰：

先父辞世，于今半载，恩泽犹存，音容宛在。怀既往之岁月，频生悲叹；寄向来之梦魂，空余感慨。

追忆先父，魂牵梦萦：享年八六，不虚此生；德高望重，极尽哀荣！科技报国，情系三秦；诗书传家，四世昌盛！弥留之际，备尝苦痛；回光返照，呼唤亲人；张目环顾，依恋情深；一一称名，无不分明；病榻遗言，唯念儿孙；垂泪永诀，难舍难分！天地动容，秋雨纷纷；入土为安，山河长存！

家祭先父，魂归天堂：庇佑全家，福寿绵长；仁者益寿，福荫高堂！母亲安康，儿女无恙；孙辈增光，重孙成长；老少共祷，四世安康！

告慰先父，在天之灵：继承父志，携手前行；饮水思源，永不忘本；教育子女，不忘责任；和衷共济，光耀桂门；千秋家业，万代昌兴！

往事依依，不尽悲伤；焚香再拜，泪雨飞扬；呜呼哀哉，伏惟尚飨！

岁次辛卯（2001年）清明节恭书

先父逝世周年祭文

维辛卯九月初四,先父归天一周年矣。

金风萧瑟,转瞬又秋;追忆如昨,不堪回首;音容蔼然,慈颜垂眸;天国迢遥,哀思难休;焚香遥祭,天地悠悠;先父魂安,浩气长留;眷顾人间,时时庇佑;阖家安康,家慈福寿;儿孙光耀,前程锦绣;诸事顺遂,平安无忧!

呜呼,天人永隔兮长相忆,共祈福祉兮周年祭,伏惟尚飨!

岁次辛卯九月初四(2011年9月30日)

壬辰清明祭父文

维壬辰清明日,天朗气清,四野明净。先父仙逝,至今五百余日矣。儿孙素服,同诣慈恩墓园,谨具酒馔,追思祭奠于先父灵前:

壬辰清明,春风又回;慈恩园内,春光明媚。
杂花生树,草长莺飞;景行厚德,南山巍巍。
家祭先父,思念萦回;音容长在,哲人其萎。
遗言殷殷,父命莫违:孝悌友睦,礼义为贵;
诚信忠厚,诗书永随;和衷共济,万事祥瑞!
稽首跪拜,祈福祝愿:家慈体健,益寿延年!
福佑子孙,阖府平安;四世其昌,泽荫人间!
追思怀念,父恩如山;遥望故土,厚葬长安;

遗德传世，灵升九天；长眠于斯，魂安九泉。
鲜花醴酒，敬献墓前；绵绵情长，伏惟尚飨！

岁次壬辰（2012年）清明节
恭祭于五台山下慈恩墓园

显考桂公仙逝二周年祭文

维公元二〇一二年九月初四（公历10月18日），岁次壬辰，月逢庚戌，壬子祭日，值此良辰，家祭于慈恩墓园。

谨以香帛酒醴、茶果素馐、肃仪恭礼，致祭于仙逝二载冥界米寿显考桂公之灵前，跪而泣以挽曰：

凉秋九月，乍雨渐寒。草枯蒿断，霜晨凛然。
青松凋折，儿孙悲焉。值兹家祭，长忆慈颜。
先父驾鹤，不复回返。转瞬二载，光阴荏苒。
西去匆匆，未授一言。心心相通，可知遗愿。
山高水长，父恩如山。庭训铭心，感恩年年。
追思遗德，魂萦梦牵。祷告安息，托山长眠。
光前裕后，慎终追远。望无系念，庇佑平安。
孝敬慈母，乐享天年。和睦无间，手足相牵。

呜呼！愿先父赴归极乐，瞑目九泉；位列仙班，魂升九天。伏惟尚飨！

岁次壬辰九月初四（2012年10月18日）9时
儿孙叩首恭祭于南五台山下慈恩墓园

七古·显考桂公八八冥寿祝诗

维壬辰九月初十，先考桂公仙逝二周年祭方六日，又逢米寿之奠。先父临终弥留之际，犹念念相问：过几日即届八六诞辰？回首人生，无比眷恋。其境历历在目，思之不禁泫然。秋雨霏霏，追思绵绵。谨以祝诗，并香烛蔬果，献于灵前，愿先父天堂回眸应笑慰！

祭奠追思到墓前，祝诗虽短意绵绵。
先严念念弥留际，父去鹤归已二年。
天人相隔成永诀，堂正遗风世代传。
米粮关中埋忠骨，寿终德高比南山。

岁次壬辰九月初十
（2012年10月24日）10时
于长安慈恩墓园

癸巳清明祭父文

维癸巳清明，莺飞草长，百花竞芳，显考仙驾，已历三春，去今九百余日矣。念慈父恩重，忆音容宛在，谨以此文恭祭先父曰：

清明时节，遥望关中；五台山下，人流如织；墓园踏青，追思先父。山花燃烛，松柏焚香；风摇影移，是为挽幛。忆先父之高风，悼亡灵于斯地；念养育之深恩，洒热泪于心田；长相忆，感慨万千心潮涌。

四季轮回，常伴吾亲；吾亲安息，长眠于此；春风杨柳已三度，灵归天界列仙班。胡天不佑，天人永隔；往事历历，悲痛难止。徐徐清风，悠悠其心；绵绵哀思，时时萦回。缅怀先父，铭记庭训；往日教诲犹在耳，世世代代永相继。

沐先父之遗泽，惜盛世之韶光；福佑四世，泽荫百年；厚德长存，家风绵延；侍奉慈母，颐养天年；家和业兴，健康安乐。清明家祭，告慰先父：愿天堂融融，逝者安息，叩首祭拜于墓园，敬奉酒馔于灵前，子孙共祷，伏惟尚飨！

岁次癸巳（2013年）清明节
恭祭于五台山下慈恩墓园

七律·祝先考八九冥寿祭诗

生前曾盼达期颐，怎奈病魔入骨肌。
举指嘱托无尽意，著书告慰有灵犀。
又逢佳节登峰顶，久念先君望彩霓。
冥寿泉台鸣磬乐，音容长忆梦依稀。

岁次癸巳九月初十（2013年10月14日）
儿女恭祝

先父桂公逝世三周年祭诗

念
三年
不相见
泪流涟涟
先父已登仙
永隔九霄云烟
多少悲欢梦中牵
奈何别离无力回天
音容宛在教诲铭心间
遥望秦岭下垂首忆慈颜
往事依稀恩泽润福田
高风亮节父爱如山
德佑四世保平安
无语胜千言
慈恩墓园
情绵绵
灵前
奠

岁次癸巳九月初四（2013年10月8日）
儿女偕家恭祭于五台山下慈恩墓园

甲午清明祭父文

维公元二〇一四年三月三十日，岁次甲午仲春二月之晦，清明即临，万象更新。慈母率桂嗣儿孙，谨具鲜花酒馔之仪，行叩拜之礼，致祭于先父桂公灵前，辞曰：

岁在甲午，时临清明；惠风和畅，万物迎春；看苍山依旧，杨柳又青；东风送暖，鸟语花馨。仰先考德行端肃，敦实可风；克勤克俭，可敬可亲；厚德伟功，世代昌盛。缅祖辈之峻德，念当年之历程；创业立家，历尽艰辛；源远流长，嗣繁族兴；光大门庭，造福子孙；人才辈出，光耀桂门；抚今追昔，缅怀感恩！

桂嗣儿孙，人丁鹊起，如瓜瓞之绵延，若螽斯之衍盛，此乃托庇先祖之洪福也。而今四世同聚，祭扫祖茔；昭之忠孝，以慰英灵。青山巍巍，春秋四度；儿女虔备香烛菜肴，致祭先父墓前；奠以醴酒三杯，祈祷先考在天之灵安息长宁；欣然鉴此，荫庇后人；永赐吉祥，慈母安康；家运亨达，四世荣昌！

谨奉祭礼，伏惟尚飨！

　　　　岁次甲午（2014年）丁卯月庚子日
　　　　于南五台山下慈恩墓园

七绝·先严九秩冥寿祭

先严冥寿甲午秋,九秩光阴水东流。
不尽情思常寄梦,诵经声里祷仙游。

注:依甬上乡俗,按虚岁计寿,逢十为庆。

岁次甲午(2014年)九月初十于广仁寺

七律·乙未清明祭父诗

乙未吉日,清明将临,万象更新,草木又萌,儿女恭祭先父于慈恩墓园。鲜花果馔,供奉祭奠,告慰英灵,思念绵绵。诗云:

三阳开泰吉羊年,天地清明祭墓园。
先父遗恩光桂族,后人沐泽继同源。
根深叶茂千枝发,日丽风和百卉繁。
四世承欢慈母健,诗书祖训永留传。

辞曰:
　　　　回首甲午,阖府平安,
　　　　母慈子孝,福寿绵延。
　　　　三子四子,儿女完婚,
　　　　承恩厚德,光大桂门。
　　　　重孙绕膝,四世繁衍,

先父遗爱，福佑千年。
盛世昌明，家族承传，
天人共祷，康乐无边。
稽首祭拜，伏惟尚飨！

　　　岁次乙未（2015年）二月初十
　　　　　　于长安慈恩墓园

七古·先父九十周年诞辰纪念献诗

先考仙逝已五年，父亲音容在眼前。
九月丹桂香恒久，十载曾忆开寿筵。
周遭风景如旧日，年至深秋梦慈颜。
诞生适逢重阳后，辰光荏苒佑嗣延。
纪德长沐春晖里，念念铭心践遗言。

　　　岁次乙未（2015年）九月初十

百字令·丙申清明祭先严

　　碧天高远，望秦岭峰下，慈恩园内。六载归仙安息处，光照青山柏翠。痛忆先严，悲风冷雨，难掩伤心泪。春来秋往，祭灵聊托哀诔。

遥想而立年华，毅然西去，草创披葭苇。筚路前行攻必克，遭劫难淆功罪。铁架钢梁，新型机械，建设三秦美。呕心科技，一生劳瘁无悔！

岁次丙申（2016年）清明

三 酬和

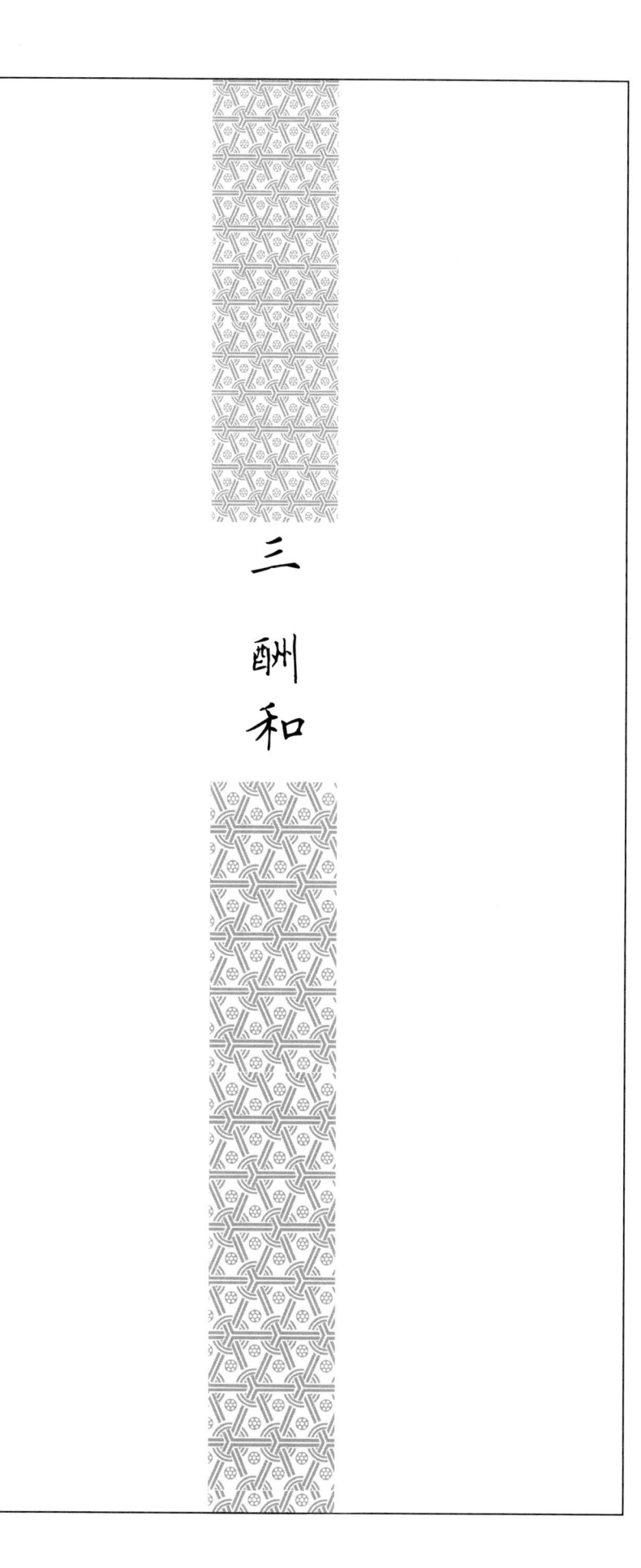

说"情"

先父遗诗

新春诚儿来陕探亲,有感说"情"。

乙酉春探亲,深受孝顺情。
子孙自有福,长孙立新门。
望儿自珍爱,相嘱语殷殷。
四老安度慰,效母健身勤。
有感说亲情,解怀求舒心。

注:"四老":老伴、老窝、老底、老友。

乙酉(2005年)正月初二

七绝·贺民弟进军工厂

桂维诚

欣闻喜讯盼春风,起望田头旭日红。
遥祝雏鹰翔万里,青云直上傲苍穹。

菩萨蛮·贺康、平二弟返西安工作

桂维诚

长安三月春风度,归鸿展翼青云路。孤苦去时雏,羽丰还故都。

朔风曾刺骨,今日华旸布。忆昔赏春梅,孤山春又催。

十六字令·读家书闻诸弟妹学海起航

桂维诚

顷接家父长安来鸿,诸弟妹在职攻读高教学历。惜十年浩劫,学业中辍,今复学海起航,欣作小令三首贺以勉之。

(一)

书,求索登攀共掖扶。勤攻读,蹊径化通途。

(二)

书,开卷披文觅宝珠。成才日,今昔两相殊。

（三）

书，添翼高翔展画图。腾飞起，远眺碧天舒。

七绝·奉父同登招宝山

桂维诚

花甲家严健步攀，今朝喜上候涛山。
悠悠江海归帆近，遥忆盛年开笑颜。

五绝·奉母登山观海

桂维诚

白发添些许，家慈远道来。
上山观海景，万里碧天开。

清平乐·杭州飞西安途中偶成

桂维诚

古都无阻，架起天涯路。如翼添身今飞渡，心系家中父母。

五年别梦依稀，长安俯瞰惊奇。更感眼熟心热，旧时巷陌迷离。

七绝·与康弟游骊山

桂维诚

携手登山挈子游，如烟往事梦悠悠。
秦川烽火燃千载，铁马金鸡唱未休。

七绝·和兄登骊山诗

桂维康

弟兄携手上骊山，拾级而登奋力攀。
极目远方风景好，更瞻前路不辞难。

七绝·赠诸弟妹

桂维诚

寄言手足济和衷，各自筑巢西与东。
立命安身惟孝悌，雁行振翼壮家风。

七绝·重游骊山感赋

桂维诚

烽火台

今日登临古战台，秦川百里越荒垓。
美人一笑千秋恨，烽火狼烟入梦来。

兵马俑

河山一统始秦皇，兵马雄师亮剑光。
灿烂文明流万古，子孙勉力耀炎黄。

贵妃池

汤伴九龙春满池，贵妃蒙宠洗凝脂。
风流君主昏昏日，驻马香销玉殒时。

九间厅

骊山惊梦弹留痕，人去楼空急急寻。
兵谏是非谁与说，九州台海盼回春。

五绝·与康弟陪母亲同游外滩

桂维诚

申江万古流，母偕我同游。
重访儿时梦，春晖寸草稠。

五古·和兄游外滩诗

桂维康

浦江入海流，奉母故地游。
弹指卅载去，归来鬓已秋。
三秦留足迹，报国情悠悠。
涛声今依旧，承父壮志酬。

七律·游黄山

桂维诚

己卯暮春，余以半百之年与少壮同人登黄山，日行数十里，尽吾志而竭全力，攀群峰以观全景，岂不快哉！王临川云："而世之奇伟、瑰怪、非常之观，常在于险远，而人之罕至焉，故非有志者不能至也。"感斯言于归途咏之。

诗中画里梦长萦，石异松奇慕盛名。
地火亿年喷涌出，天工千代琢磨成。
九旬粟老曾十上，五秩书生始一登。
绝顶峰头莲蕊近，俯听林海起涛声。

迎马年赠民弟新居春联

桂维诚

壬日吟诗,奋蹄千里长砺志
午风延爽,昂首三春共披襟

七绝·贺三弟五秩初度

桂维诚

龙马精神耀桂门,奋行五秩满园春。
三秦放眼前程远,正驭东风上碧云。

七绝·题赠真妹

桂维诚

桂蕊芬芳满古城,维邦富国贵心恒。
真情赢得如云客,兴业安家展锦程。

七绝·乙酉新春题赠诸侄甥

桂维诚

（一）

桂树根深绿叶繁，一秋香气百家传。
晓闻鸡唱翩跹舞，进酒同欢月正圆。

（二）

桂花八月绽芬芳，壹树葱茏绿意扬。
川流不息奔大海，扬帆破浪锦程长。

（三）

桂芳秋月占花魁，一片冰心伴翠微。
星耀夜空人共仰，好风送爽马频催。

（四）

桂蕊吐芳迎晚秋，一花百代美名留。
丹青妙手同描绘，前望平川月满楼。

（五）

草绿江南发百花，将图宏业展才华。
凯歌声里青云路，登上锦程无际涯。

七绝·乙酉元宵呈父母

桂维诚

岁月荏苒,物是人非;乙酉省亲,感触良多。值此元宵佳节,索句以呈父母。

(一)

佳节良宵贺上元,合家遥祝共团圆。
两城同乐双亲在,千里清晖映玉盘。

(二)

廿度春秋转瞬间,青松不老意犹坚。
几番风雨云中立,一树浓荫万里天。

七绝·贺父母钻石婚

桂维诚

偕老白头同乐忧,六旬风雨度春秋。
光前裕后朝晖暖,四世芳馨一脉流。

己丑新春为民弟书斋题联补壁

桂维诚

幽篁翠叶掩映案头新著四五本
细雨微风催开窗外春梅六七枝

七律·庐山游

桂维诚

喜逢甲子得暇游，锦绣匡山瞩目收。
旧址风云曾际会，美庐雨雾久停留。
千层松海迎来客，三叠泉源汇瀑流。
归去陶公无觅处，青峰踏遍不言休。

七律·和兄游庐山诗

桂维康

兄游仙境近苍冥，一览群峰夕照明。
昔日烟云萦往事，今朝雨露沐亲情。
千层松海驱诗兴，三叠泉源展瀑屏。
秋色满怀晖满院，青山踏遍桂风清。

沁园春·六十初度寄诸弟妹

桂维诚

天予其年，幸得吾辰，与国共生。念古都苍莽，隔山隔水；岁华冷落。晓梦钟声。把酒持听，梧桐夜雨，落叶何须顾去程。须潇洒，任悠悠世事，飘散随风。

晚来寒雾初浓，忆往昔雁行几度逢。纵林深苔滑，相寻苦苦；秋山云聚，寄意归鸿。或恐迢遥，经年陌路，一笑欣然舟自横。凭谁问，但日高睡起，举目蒙蒙。

五古·宁波帮博物馆落成典礼感赋

桂维康

天下宁波帮，美名四海扬。
兴建博物馆，精神传八方。
吾兄拟家书，召我回故乡。
一张老船票，悠悠百年长。
家书情切切，高悬门中央。
贵宾来揭幕，欢庆鼓乐扬。
手持金钥匙，归里享荣光。
火熜传薪久，相承永世昌。
躬逢此盛事，合力兴家乡！

注：2009年10月22日，我有幸代表西安宁波经促会参加宁波帮博物馆落成典礼。邀请函为长兄所拟仿古尺牍家书一封，并附有一张老船票，纪念品中还有一把仿古金钥匙和一只铜火熜。是为长兄为宁波帮博物馆所策划之怀旧迎宾方案。落成盛典上，以巨幅家书蒙住馆名，邀请贵宾揭幕。我此行荣归故里，亲临盛典，不胜荣光。

七绝·读史感赋

桂维诚

（一）

百年兴废几雄才，臧否蒋公究可哀。
抗战功高名不灭，骊山今日辨阴霾。

（二）

史留日记积尘埃，天命弄人凭忌猜。
孤岛游魂归不得，千秋松月妙高台。

浪淘沙·乙未中秋和友人

桂维诚

夜半有蛩声，正伴青灯。推窗只见水天横。千里月华犹朗照，云涌如崩。

茶冷且同烹，觅句三更。半江难阻友情增。日日一辞君共酌，秋意无争。

七绝·游绍兴柯岩

桂维诚

三访鉴湖烟雨中，乌篷船过小桥东。
漫行鲁镇寻陈迹，一睹真容念迅翁。

注：在鲁镇老街邂逅鲁迅小说人物真人秀，与之合影，更添游兴。

七绝·做客九龙湖马拉松赛电视直播

桂维诚

九龙湖畔漾春波，赛事空前一路歌。
尽显荧屏桑梓美，说今道古自豪多。

竹枝词·陪母亲治腿疾

桂维民

十载不安腿疾累,难眠一夜痛如锥。
忽闻对症新疗法,但愿初痊不用捶。

竹枝词·赠妻

桂维民

石榴树下诉心怀,春去秋来独徘徊。
兰蕊未凋多感叹,健康豁达自悠哉。

注:妻子刚退休,就遭遇大病,两年内做了三次大手术,凭着顽强的毅力和乐观豁达的心态,战胜了病魔。

竹枝词·示儿

桂维民

远渡重洋到美洲,扬帆搏浪勇行舟。
振兴科技传家业,只待春催百卉稠。

竹枝词·答儿

石春兰

犹记新婚已一年,天涯遥隔自相安。
何须四顾常思念,比翼双飞别有天。

七古·陪慈母健身有感

桂维平

家有慈母乐融融,嘘寒问暖春意浓。
一言一语寓真情,养育恩重爱无声。
春来秋往数十载,耄耋健身贵有恒。
晨练器械暮行走,强身健体不放松。
生生不息常运动,搁脚下腰仍从容。
饮食起居全自理,何须晚辈忧忡忡。
春晖寸草情似海,大爱无垠传家风。
唯愿萱堂体愈健,延年益寿夕阳红。

七古·赠女儿一星

桂维平

祝女勤育桃李春,一花引秀绽芳芬。
星光熠熠耀寰宇,教书更须先育人。

师道薪火相传递，节节竹生贵虚心。
快乐橙子人皆爱，乐福盈门佑儿孙。

七古·戏说孙儿小橙子

桂维平

家有橙子初长成，俊男百日惹人疼。
口含糖拳咂滋味，足蹈手舞欲翻腾。
泳池漾波戏水乐，漂浮自如腿力蹬。
牙牙学语呼妈妈，众人惊喜传笑声。
十日不见模样变，腰板挺立小后生。

七古·寄语蒋凯贤甥

桂维平

鲲鹏展翅万里天，留学远赴美利坚。
祖辈教诲幼受益，书山有路勤登攀。
寒窗苦读十六载，同济学成再读研。
临别赠言望切记，自强不息莫畏难。
为人处世诚为本，学术求精攻尖端。
希冀甥儿多壮志，功成名就早凯旋。

七古·同学聚会感怀

桂维平

深秋欢聚未央湖，感恩岁月情满楼。
四十年前恍如昨，几度春秋曾同舟。
同学少年求学路，风雨校园情悠悠。
回望知青插队事，多少苦乐记忆留。
重访故地景依旧，物是人非时光流。
犹忆青春风华茂，转眼霜鬓人生秋。
今朝重聚谈往昔，举杯畅饮意更遒。
欢声笑语掌声起，祝福满满醉未休。
更盼他年再聚首，第二春来待从头！

七古·听雨

桂维真

仰望苍天雨凄凄，祈祷先父长安息。
背影依稀已远逝，怅望寥廓夜寂寂。
音容笑貌犹历历，念念于心长相忆。
不尽珠泪化雨飞，呜咽声声闻悲泣。
雨夜无眠久伫立，孤寂听雨声声急。
在天之灵永庇荫，阖家平安顺心意。
家敬慈母如敬佛，愿将孝心鉴天地。
日日潮落潮又起，遥看青山云岚里。
天堂人间虽永隔，心有灵犀情长系。

七古·游三亚感怀

桂维真

天涯海角越古今，三亚酒店安我身。
二老同游犹在目，亚龙湾畔心沉沉。
今朝扶母重观海，转眼已辞二十春。
膝下尽孝方恨晚，半百难报养育恩。
苦乐年华胡家庙，面朝大海忆童心。
桂家子女承厚德，开枝散叶四海亲！

注：2014年12月28日，我陪同耄耋老母游海南。入住三亚后久久不能平静，念及曾与父母同游海南，不觉已20多年矣。当年我正值青春时光，与父母游历海南五景名胜，记忆犹新。风景依旧，先严已逝，不禁感慨万千，正欲尽孝方恨晚！

五古·适逢白露送子远行

桂维真

秋深逢白露，入夜天渐凉。
露珠凝草叶，晴空沐秋阳。
飒飒秋风起，白露化朝霜。
旦夕柔条劲，金风催叶黄。
披衣起眺望，晨曦映东窗。
今日理行装，送子渡重洋。
安知异域地，何时觅秋光？
云路何杳杳，远隔水一方。

须记离家日，露白蒹葭苍。
丹桂正吐蕊，满城尽芬芳！

七古·西藏纪行

桂维中

雪域圣山梦中行，心驰神往西藏情。
适逢专家同疗养，了却夙愿瞻玉峰。
暮色苍茫无尘霭，八廓街头皆欢声。
大昭寺内聚众僧，布达拉宫亮丽城。
雅鲁藏布峡谷险，崖峻江曲浩气生。
纳木错湖水天阔，千载奇峰冰雪凝。
回眸远望霞无际，更盼来年踏云程。

七绝·云集感怀

桂维平

云天万里望高原，集会群贤在雅轩。
感悟人生诚挚意，怀珠抱玉寄真言。

为子侄辈新婚拟喜联五副

桂维诚

桂一栋、胡小义新婚志禧

两地一木结连理
九霄三义映同心
丹桂古月

桂一峰、任可新婚志禧

一峰玉锋良缘可喜
二马并驱佳偶联姻
桂门任重

桂一晓、赵丹新婚志禧

桂门迎赵女一双佳偶天成
晓日映丹霞百年良缘好合
丹桂芬芳

桂壹川、于菲新婚志禧

壹川明月凤凰于飞三星照
百年良缘秦晋之好五世昌
丹桂芳菲

桂一星、王新新婚志禧

丹桂一枝花开并蒂缀王冠
银星双耀永结同心缔新婚
星月新辉

附 | 七古·贺一晓、赵丹新婚

桂维诚

桂蕊三秋绽芬芳，一枝竞秀沐曙光。
晓起翩跹闻鸡舞，赵女娉婷出咸阳。
丹凤来仪情悠远，新人纳福意久长。
婚姻美满同白首，喜结良缘爱无疆。

丙申春日慈母九秩寿诞贺联

桂 子

瑞献瑶池，歌慈母人生三乐桃花盛；
春浓璇闳，颂高堂天保九如萱草荣。
晖暖蕙芳

为孙辈拟贺联四副

桂维诚

贺汀言孙周岁

岸芷汀兰花有意
书香墨韵竹无言
桂门三立

贺新蕊孙女周岁

新雨甫停竹山翠
蕊葩初绽桂枝芳
桂竹德馨

贺浚哲侄孙周岁

浚流源远壮怀阔
哲理旨深大道弘
桂风传承

贺乐成侄外孙百日

乐山乐水乐世界
成德成才成功名
桂冠花王

竹枝词·怀念先祖

桂一栋

常怀先祖爱悠悠，自幼沐恩几春秋。
犹记当年风范在，奉公克己老黄牛。

七古·痛忆先祖父

桂一峰　任　可

祖父病笃爱意满，遥寄祝福一席谈。
欣闻吾侪结良缘，喜看婚照笑开颜。
近见小童思重孙，遥贺桂门千金添。
祖父思乡忆海苔，急购速寄到长安。
浅尝无奈病入肓，惊悉昏迷弥留间。
久未相见更思念，只盼面聆教诲言。
怎料病魔竟肆虐，可叹苍天不假年。
从此阴阳两相隔，岁岁清明忆慈颜。

注：2010年暑假，父亲前往西安探望身染沉疴的祖父。老人家看了我们的新婚写真照和刚出生不久的新蕊录像，十分高兴，特地为我们录了一段视频，对我们表示祝贺并殷殷寄语。听到爷爷想吃苔条，我们连忙用快递寄上，以聊表心意。父亲回来后告诉我们，爷爷品尝到故乡的味道，很开心，可惜后来已没了胃口。他在院子里看到邻家的小孩，就对奶奶和爸爸说，我们的汀言有这样高了吧，我们的新蕊也该有这么大了……其言凿凿，其情拳拳；令人闻之戚戚，唏嘘不已。仅过月余，惊悉祖父仙逝，不禁黯然泣下矣。

竹枝词·长安秋雨感怀

桂一晓

（一）

古城微雨夜苍茫，秋意迟迟晚送凉。
月影星光云里隐，修心明志莫彷徨。

（二）

车笛声声市肆喧，微寒秋雨浥尘寰。
莫嫌路上多泥泞，心向光明慕圣贤。

七古·思乡赋

桂壹川

心怀壮志别家乡，只身赴美登殿堂。
六年艰辛谁知晓，且与亲人诉衷肠。
细雨蒙蒙夜茫茫，重洋难阻别离伤。
几番梦回长安里，思山思水思高堂。
别时犹记黑发长，再逢鬓角银丝藏。
诗书传家重孝义，遥隔视屏话家常。
昔日理想今犹在，何惧困难不彷徨。
待到功成名就日，共享天伦谢爹娘！

七绝·完成博士论文答辩感赋

桂壹川

几番苦读已修成,落笔千钧百感生。
一路家人相勖勉,荣光共享启新程!

注:终于顺利完成了博士论文答辩,导师签字的一瞬间真是百感交集。感谢一路上家人和朋友们的关心,没有你们的支持和鼓励,无论如何我都不会取得这样的成就——这份荣誉属于你们!只有这 Dr. 的称号,已归属于我!

五古·父母恩 永世情

桂一星

初为人母喜,疑似镜中己。
翻坐滚爬走,凡事要亲手。
劳人多烦忧,儿时曾记否?
一代又一代,世代传承爱。
养育恩情重,何以报父母。
如若有来生,愿爱不迷路!

七古·读《看不见的城市》有感

桂一丹

马可进宫晋大汗,具陈见闻说奇观。
大汗听罢欲之市,何觅此城叹非凡。
城头缥缈于世前,塔尖气球隐云间。
遮阳犹见妇人伞,水手日日诉笔端。
扑朔迷离谁可辨,翻覆去来是亦难。
往昔淼淼为沧海,不闻都市车马喧。
街角窗棂何处觅,登楼惘然凭阑干。
恍惚不知身所寄,隐若指纹有无间。
此刻梦中忽惊醒,四顾空旷茫茫焉。
迟则满目皆凌乱,早则遥看尽荒原。
八方通达多歧路,举步踯躅辨北南。
读罢掩卷空嗟吁,且寻隐秘已怅然。

五古·临别赠母

蒋 凯

赴美求学路,大洋彼岸边。
慈母手中款,分分辛苦攒。
临行交与我,富路可解难。
句句勤叮嘱,字字铭心间。
悠悠寸草心,春晖照征帆。
中海一为别,孤篷万里天。

愿母身体健，岁岁举家安。
勤学俭养德，功成捷报传。

竹枝词·励志

桂汀言

太公厚望记于心，登上书山贵在勤。
早日成才须励志，桂家后继有来人。

四 辞赋

珍宝舫序

　　岁在丙戌，时维仲夏，群贤毕至，专家咸集。驱车之百年老外滩，假座江滨珍宝舫，雅集联欢。登舟四眺，心旷神怡，江天夕照，景色如画。襟三江而望六岸，追远帆以越千年。此地自古帆樯云集，百商辐辏，为近代宁波帮远航之始行处，五口通商，开埠百年，沪甬通航，历数十载也。

　　今重游故地，发思古之幽情，叹港城之巨变。庆万里之辉煌，感任重而道远。席间觥筹交错，笑语欢歌，凑句成章，更以敲七为戏，不亦乐乎！有同人诸君前为祝酒，校长寄言以勉：风雨同舟，共力划桨，借天三年，驶向彼岸。诚哉斯言，众皆颔首击掌，声遏晚潮。

　　凭舷远瞩，华灯初上，长虹卧波，溢彩流光。每览古人兰亭集序，有感斯文，今幸承盛筵，亦不胜感慨系之矣。岁月如梭，俯仰间三载即逝耳。若借此吉言，再铸辉煌，梦想成真，幸甚矣哉。故余遵嘱列叙诸君，录其所述，以志其盛也。鹭林慎思斋主记。

（为宁波万里国际学校学术专业委员会雅集而作，2006年7月8日于宁波）

镇海赋

镇海古城，东南屏翰；海天雄镇，浙东明珠。蛟门险开，控两浙之咽喉；浃江东去，纳百川而汪洋。自秦建镇归句章，而今设区属宁波。登高眺远，千古名城望东海；凭槛观潮，一川秀水连云天。

据地理之要兮，壮哉镇海！招宝雄踞江口，候朝暮之海涛；金鸡秀登山巅，鸣水天之曙色。枪挑倭寇，碧血丹心戚家山；炮轰孤拔，忠肝义胆吴大佬。火炮血墙，伟绩自古书丰碑；金戈铁马，热血从来满壮怀。四抗遗迹写忠烈，百年故垒铸辉煌。城曰威远，扼雄关海口之要冲；馆纪海防，歌猛士英豪之壮举。城塘合一，后海无双；外御风涛，内成膏壤。城因镇海古今壮，塘以屏山气势雄。叠石筑塘抗风浪，捍城防汛历沧桑。山形卓立如巾帻，浩气长存有越公。明人诗曰："孤臣一旅捍危城，巾子山前白浪盈，今日田张昔日卞，越公遗恨定难平！"

山川之秀兮，美哉镇海！雨霁云消虹跨海，霞飞日出客登楼。雨沐山容，点染数重苍翠；岚浮海色，卷舒几缕霞云。指帆影于天边，数归樯于眉睫；观巨轮之来往，望群岛之森罗。百丈鳌柱，有塔镇此海无波；十里绿装，无处似斯城有福。登山撩诗兴，游塔闻钟声。荫梓钟千岩之秀，巾子削四方之山。山连天庭银汉落，海入玉宇白云生。曙色朝霞面大海，涛声帆影伴新城。万里波涛凭震慑；九天霞彩任收罗。乡贤有怀古诗云："今是园林昔是营,关门无锁白云横。多情峰有旧时月,总带清晖照月城。"

文化之兴兮,雅哉镇海!文脉恒昌,人才辈出。礼仪之邦,弘扬诚信精神;院士之乡,培育科技翘楚。鹤龄百有七,人瑞贝老金博士;院士二十六,国之俊彦真栋梁。名不及记,士不胜出。旷达自信承美德,潇洒天成传精神。古有南山书院,倡诗礼教化之训;今有镇海中学,传桃李门墙之风。龙赛书生齐踊跃,蛟川学子共驰骋。百年中兴,叶公始创;满园桃李,钟声长鸣。叶公徒手至沪,筚路蓝缕成巨贾;毕生乐善,白屋青云为义举。诚誉浦江,堪当今之后学者范;造福桑梓,行为富而好施者先。沪上澄衷学堂,故里叶氏中兴,双璧辉映,百世流芳。昔日少年旗手,世界船王名扬四海;当年中兴学子,影视巨擘星耀九天。历尽沧桑重崛起,幸同社稷共腾飞。心系桑梓,千里河山水连蛟川;梦萦故乡,四方游子情归镇海。

商帮之盛兮,奇哉镇海!港通寰宇,为海上丝路之启端;名扬域中,乃宁波商帮之故里。千年县治,晨钟暮鼓;利涉道头,万斛神舟;老宅古街,卧虎藏龙。弃儒从商,比肩徽晋;开源立业,涉足西东。宅中街街中市市中老店,门外水水外山山外新天。日月万里,荥阳遗梦三千郡;风雨百年,灵绪留芳十七房。思厥先辈,创业维艰;诚誉商界,信达三江;远渡重洋,名扬四海。百年艰辛,一代商帮。千秋放眼天风正,一脉关心海月圆。爱国志士、商海巨子、文教大家、科技奇才、侨界领袖、书画名流:英才荟萃,中外蜚声。慷慨捐资,赤诚兴学;惠及千秋，泽沐八方；光前裕后，源远流长。

经贸之荣兮，强哉镇海！改革大潮涌，开放春风劲。东海潮平腾旭日，南天风正驻和春。海天秋色千帆满，楼宇春风万户新。追昔忆旧，先民以渔盐为业；抚今瞩远，后人举经贸而兴。百业同盛，三产共荣。天蓝水清，甬江不息奔大海；楼高路阔，港城方兴耀江滨。一桥飞架连南北，两岸通衢贯东西；立交枢纽连八方，东方大港达四域。石化新城，一派晓烟萦海气；镇海港区，半山夜雨涨潮声。沃野莽莽，勤于耕耘；民企欣欣，贵在开拓。岁月流金，登高俯览开放路；风华正茂，望远勇追改革潮。

和谐之美兮，妙哉镇海！物华天宝，人杰地灵。百鸟鸣山迎千客，一桥跨海送百船。长虹卧波辟海路，林带绕城开绮园。槛外潮声飞好韵，檐边月色动幽思。四面风光千幅画，一城胜景万行诗。极目长空，雄图骛远；寄怀故土，壮志承先。科学发展齐振翼，文明创建共扬帆。八方社区奏龙鼓，十里红妆舞春风。古镇重光增气派，新葩竞秀满绿城。噫！放歌抒怀，观潮喜见海天色；作赋寄慨，听雨常怀桑梓情。

颂曰：威镇东南第一镇，势凌吴越三千峰；天风海雨弘斯迹，古镇新区壮此城！

邑人桂维诚撰于己丑年十二月十六日
为浙江省镇海老城展示馆所撰

（载于《潮落潮起六十年》一书）

家 书

桂维诚

诸位乡贤钧鉴：

　　国庆甲子，民逢盛世，乾朗坤明，丹桂清芬。值此宁波帮博物馆开馆之际，群贤毕至，荣归故里，不胜荣幸之至。

　　杜子美诗云："烽火连三月，家书抵万金。"今日寰球，瞬息声讯，惟久违鸿雁传书之遗韵耳。家书传乡情，乡音表寸心。时序金秋，落叶归根，乡人恭候，游子来归也。

　　思厥先辈，创业维艰；背井离乡，筚路蓝缕；诚誉商界，信达三江；远渡重洋，名扬海外；百年艰辛，乃成就甬上商帮之美名。

　　八方共襄，数年经营，宁波帮博物馆落成开馆，乃众望所归哉。氏有家谱，族有宗祠，同乡亦有会馆。宁波帮博物馆堪称众家祠堂、故里地标，实乃天下宁波人之精神家园也。

　　怀先祖，同循足迹；访故里，再寻旧忆；承见教，共抒情怀；蒙阁下拨冗光临，谅此行不虚，当为开馆盛典增辉也。

　　特此拜书。即颂

　　旅安！

宁波帮博物馆　谨呈
2009年10月22日

　　注：为宁波帮博物馆策划迎宾方案，撰此怀旧邀请函——仿古尺牍之家书。

郑氏十七房辛卯冬至谢年祭文

桂维诚

时维冬至，岁在辛卯；郑氏卜居，樟山之阳；世居至今，耀日吉祥；丰年盛世，幸福安康。

岁首之节，冬至如年；一元复始，万物繁衍；生民百态，风物千年；红梅献瑞，紫气东来。

瑞雪迎春，玉簇银峰；九九严凝，河海结冰；六阴消尽，一阳始生；阳数渐足，化龙升腾。归根复命，性灵昌明；天人合一，和谐共生；吾族吾乡，共建新城；万众一心，以表丹诚。

谨陈祭仪，列案焚香；三牲醴酪，天地共享；四果佳肴，列祖颐芳；同酿美酒，厚意绵长。

敬天礼地，日月煌煌；清香缭绕，祖德馨香；顶礼膜拜，天地玄黄；冬至恭祭，伏惟尚飨！

甬江赋

桂维诚

滔滔甬江，聚百川而注东海；汤汤春水，望三山而通五洋。追流溯源，纵横百里；抚今忆昔，沧桑千年。南眺奉化江，其与西来之鄞江相会，蜿蜒北上，流入明州；西望余姚江，其出四明而汇慈江，径流向东，滚滚而来。双江聚首，千帆竞发；甬江入海，百舸争流。

甬江古称大浃江，其干流自三江口至镇海大小游山，凡五十余里。上溯六千年，海水初回，至明州之东，今之三官堂乃入海口；四千年前，海岸渐退，而至镇海以东也。先民始建江堤，以御海潮，初为土塘，蜿蜒于两岸，以潮高流急而后改筑石塘也。远帆连海气，近村伴寒宵；潇潇风雨暮，荒江正起潮。

吾祖世代居于浃江之畔，卜居北岸，地处中游，西眺三江口，东瞰拗猛江。拗猛江者，因江流至此，曲折汹涌，水势急湍而得名也。昔时江阔浪高，蒹葭苍苍；潮涨潮落，群鹜掠波。至乾隆年间，先祖迁徙至此，筑堤屯垦，围田引水，灌溉斥卤，遂成良田，自是乐业安居于此也。十里膏壤，稻花飘香，江畔苇林，白鹭翔集，故有鹭林之谓也。诗云：风细一帆悬，潮平坐放船；乡心上村雨，客梦接江天；迢递川程远，苍茫夜色连；家山长入望，太白最高巅。

甬江自古为浙东漕粮海运之水道，且连通海上丝绸之路也。自唐以降，商贸日盛，海运往来，通商东邻，直抵南洋。北宋年间，招宝山下，舟楫辐辏，万斛神舟，远航海外。甬城自晚清辟为通商口岸，三江口建成庆安会馆，江北岸引来洋人集聚，门户开放，西风东渐，遂得风气之先矣。

遥想当年，战事频仍；英雄已逝，岁月如歌。兵家必争地，铁血铸雄关；四抗①著青史，万古流芬芳。江山巍巍，慕百年嚄唶豪杰；流水悠悠，笑几多落马敌酋。江上桨声夕阳斜，闲倚篷窗数落霞；夕照晚霞映帆影，落日余晖望天涯。深秋寒霜染枫叶，初暮晚风吹残灯；千古荣辱休漫嗟，百代兴衰笑谈中。忆往昔，一盏浊酒酹江月；看今朝，七桥横贯②气如虹。

青山依旧，碧水长流，夫江河者，脉通千秋，气蕴万象；居天地者，雄视乾坤，融会阴阳。滔滔兮江海奔涌，浩浩乎日月其长。不拒细流而广纳，志在沧海以远航。流急水深，写意于碧波白浪；天高江阔，抒怀以云彩霞光。呼啸叱咤，执锐披坚，不失勇者之志；九曲回肠，温婉隐忍，永葆仁者之怀。故申大义，著鸿章，知白守黑，机变明理；吟风弄月，行止有道；君子当静若山岳，行如江川也。

壮哉，甬江！美哉，母亲河！五水共治③，一路春风扬征帆；万里逐梦，满目朝阳唱大风；看大江东去，不废江河万古流！

注：①四抗：指甬江两岸人民近代以来抗倭、抗英、抗法、抗日的英勇斗争。
②七桥横贯：甬江上现有甬江大桥、外滩大桥、庆丰桥、甬江特大桥（在建）、明州大桥、清水浦大桥、招宝山大桥等七座跨江大桥。
③"五水共治"：治污水、防洪水、排涝水、保供水、抓节水。

（发表于《宁波晚报》2014年7月15日）

万里创业二十年记

桂维诚

一江东去，四顾浩然；碧水秀林，红楼巍巍；绿树芳草，桃李灼灼；万里教育，名扬四海。思厥创业人建瓴高屋，草创集团；拓荒者办学维艰，敢为人先。蓝缕筚路，历尽几多艰辛；戮力同心，铸就万里精神。引一江春水，浇灌满园春树；纳八方精英，培育天下英才。领时代之风气，旷达自信；继甬城之传统，潇洒天成。甘载耕耘，万里鹏程，弘扬奋斗雄风；三江搏浪，一路高歌，堪称教育先锋。

年华逐梦，岁月流金。乙亥（1995）金秋，鲲鹏展翼；甬江北岸，清水之浦；国际学校，应运而生；三百师生，纷至沓来。昔日渔村，灯火煌煌；今朝校园，书声琅琅。初创一年，挥师再征；甬江新区，初绘蓝图；岁次丁丑（1997），幼儿园立。三年跨越，岁交戊寅（1998）；虎跃龙腾，中学建成；花季少年，跨进校园。又越春秋，二期扩建；路通南北，园分东西。小学发展，规模渐成；乔迁庄市，岁在甲申（2004）；宛若航母，群楼巍峨；《长江七号》，选景于斯。礼聘八方良师，广招四明学子；凝心合力，同写新篇；追求卓越，崇尚一流；声誉鹊起，民校翘楚；时极鼎盛，蔚为大观。

戊子（2008）金秋，中小合璧；彰显个性，和谐发展。万里教育园区惠风徐徐，高雅知识殿堂春意融融。幼儿乐园，矗立西首；中外学子，共处一园；高外转制，领军课改。礼让互助，长幼同行；

彼此砥砺，和衷共济。

既忆往昔，犹记初衷；薪火相传，教坛争雄。高中师生，彰显万里个性教育；争创特色，跻身五大示范学校。不忘初心，方得始终；继往开来，海阔天空。崭新校区，破土动工；展望明年，再启新程。

赞曰：风生水起高新区，扬帆破浪争激流；万里精神昭日月，廿载传承写春秋。

是为记，时在乙未金秋。

（据2008年8月所作《万里赋》缩写修改，曾获宁波市教育改革30周年征文二等奖）

江南第一学堂赋

桂维诚

江南第一学堂，百年中兴也。闻名遐迩，叶公始创；启蒙种德，惠及四乡；几经沿革，遂成学堂；十里桑梓，钟声远扬；春风化雨，桃李芬芳；勤朴肃睦，培育栋梁；名冠江南，誉满学堂。

叶公澄衷，首善之商；乐善好施，名扬四方。少年失怙，谋生沪上；拾金不昧，诚誉浦江。创业维艰，轮船起航；火柴公司，五金大王；代销火油，兴办钱庄；百业兴旺，领军甬商。发迹致富，协力兴邦；故国多难，心系故乡。慨中国之弱，积贫由于无知，无知由于不学；兴天下之利，功莫大于兴学，兴学旨在育人。

忆昔叶公，徒手旅寓，筚路蓝缕成巨贾；毕生奋行，致富乐善，白屋青云为义举。自伤幼时辍读思秉烛；切望耋年志学惜分阴。矢志办学，慷慨解囊；斥资首创，澄衷学堂；新式教育，名噪申江。一部澄书，源远流长；字课图说，惠及童蒙。得风气之先，继传统以弘。慈善仁义，堪当今之后学者范；造福桑梓，行为富而好施者先。

泽被桑梓，捐建义庄；内设义塾，书声琅琅。引一泓清泉，泽润满园桃李；纳八方学子，培育天下俊杰。宿儒名师，治学严谨；与时俱进，中西兼容；如沐春雨，如坐春风。跻身蛟川四大名校，造就中华一代精英。遍数商海巨子、文教大家、科技奇才、侨界领袖，皆启蒙于兹，遂创业以成。沪上澄衷学堂，故里叶氏中兴；双璧辉映，百世流芳。伟哉叶公，功德煌煌；饮水思源，铭记不忘；身后丰碑，万众景仰；先生遗风，山高水长。

物华天宝，人杰地灵；英才辈出，中外蜚声。自信旷达承美德，潇洒天成传精神。勤朴肃睦，四字校训：勤学志纯，朴实敦诚，肃谨认真，睦友师生。昔日少年旗手，一代世界船王，包玉刚名扬四海；当年中兴学子，世纪影视巨擘，邵逸夫星耀九天。人才共振，堪称中兴现象；商帮兴教，福荫闾里后人。躬逢盛世，人和政通；喜迎游子，情深意浓；中兴复校，薪火传承；上下求索，共展鹏程。

既述往事，当思来者；先辈植树，惠及今人；后辈奋发，不忘前行；缅怀先贤，弘扬传承。地势坤，君子以厚德载物；天行健，后人当自强不息。

葱茏荫于天下以立德千秋，芳泽遍及海内而播惠万民；水深江阔，乃有蛟龙腾起；根深叶茂，方引丹凤来仪。

风骨文脉，开笔乐园；励志向学，追慕前贤；陶冶心智，亲近自然；风水宝地，传奇绵延；星熠熠而璀璨，路漫漫其修远。碧水环绕，愉悦心境；书香清幽，养性怡情；上善若水，福泽永承；风生水起，涵养人文；登高楼而瞰水景，游学堂以润学风。

赞曰：江南第一学堂，中兴越百年；宁波商帮摇篮，皇皇著鸿篇！

邑人桂维诚撰于乙未年秋月

桂姓赋

桂维诚

时空绵亘，桂姓何承？溯源追本，姬姓为根，王胄后裔，避祸易姓。秦时坑儒，季桢遇害，为避株连，季眭护侄，更姓易名，以其名眭，易之为姓。长曰桂奕，守墓幽州；次曰昋突，迁居朱虚；三曰炅奖，居于历山；四曰炔奘，移居阳城。桂昋炅炔，字异音同，桂奕后代，世传桂姓，后多从长，源出同宗。郡望天水，又曰幽燕。[①]

早期无闻，声名岑寂，时逢五代，四姓避乱，南渡广信，及于上饶，宋明以降，桂氏崛起。史有桂卿，始仕南唐，光禄大夫，入宋继任，国子祭酒，兼侍御史，两朝为官，清廉安民，平盗功高，坚守退藏，尤见劲节，民建庙祠，堂号民祀。②宋代良吏，名曰南升，雅持淡素，宜民简政，百世流芳，惠政清风。③宋谢枋得，性好直言，论古今事，掀髯抵几，跳跃自奋，忠义自任；其母桂氏，尤称贤达，知书达理，教子有方，枋得遘播，妇与孙伴，幽于远方，处之泰然，深明大义，无一怨语，答人问曰：义所当然！人称贤母，堪为懿范。④慈溪桂氏，来自贵溪，闻名江南，蔚成著姓。南宋万荣，杨简弟子，官余干县，惠政荫民，严对豪强，宽待百姓，《棠阴比事》，集判案例，世代称之。⑤自万荣始，从子锡孙，两代进士，传至明代，遂成名门。

有明一代，光彩照人，首推彦良，遐迩闻名，饱读诗书，满腹经纶，包山书院，荣任山长，张士诚等，拟用不就，自明立国，出山入仕。御前诵诗，声彻殿外，左右惊愕，语称旨意。洪武皇帝，御口赞誉：江南大儒，惟卿一人，有所咨问，对必以正，正心治道，惩忿窒欲。脱颖而出，拜晋王傅，不拘古训，亦通今道，上《十二策》，呈章京师，太祖阅之，拍案称绝：通达事体，有裨治道。一代通儒，著作甚丰，宋濂赞之，自愧不如。⑥长子名慎，招为驸马。桂门二侄，宗儒、宗蕃，皆擅文学，《永乐大典》，同为编修。其孙桂恭，以孝著名。从弟孟诚，知河源县，勤政清廉，亦有治迹。慈溪怀英，古香先生，明代名儒，以博学称，著《桑榆稿》，孝孺慕名，学者尊之。慈溪伯谅，亦负盛名。⑦洪武年间，廷用为官，自持节风，曾知巢县，教化大行，民阜物丰，时为良吏，世人称颂。⑧安仁桂萼，正德进士，嘉靖初迁，刑部主事，上疏论礼，蜚声国学，卒谥文襄。⑨

绵延至清，人才济济。曲阜桂馥，乾隆进士，知永平县，颇有政声，潜心治学，考证碑版，训诂文字，著述甚丰，《说文义证》，凡五十卷，援引宏富，辩证精详，文搜例证，加以归纳，乾嘉朴学，堪为翘楚，齐名玉裁，桂段并称；且精书画，闻名书苑，篆刻汉隶，雅负盛名，亲为题匾，阅微草堂。⑩南海文灿，道光举人，光绪年间，为官清廉，事必躬亲，不用仆人，博文明辨、约礼慎行，以之为宗，治学严谨，潜心堂集，四十余种⑪。临川中行，咸丰年间，任有声绩，慎于折狱，民号青天，书画翰墨，亦有造诣，善八分书，尤工画兰，县丞从军，所至有声，久官江南，民尤爱之，附祀曾祠。⑫赫赫名流，百年传颂；煊煊良吏，千载尊崇！

赞曰：
煌煌我族，先祖遗恩；后人沐泽，同源同宗。
根深叶茂，桂枝竞萌；风和日丽，桂蕊争荣。
瓜瓞绵延，螽斯衍盛；源远流长，嗣繁族兴。
心系家国，社稷为弘；以德立世，诗书传承。
先祖峻德，厚德伟功；代有翘楚，光耀祖庭。
为士弘毅，为官勤政；为学求精，为人求正。
德行端肃，敦实可风；克勤克俭，可亲可敬，
家风家训，唯孝是从；族规族约，以睦为承。
承祧三立，世代昌盛；荫庇子孙，族以姓隆，
抚今追昔，缅怀感恩；薪传香火，耀祖光宗！

注：①桂姓出自姬姓，是周王胄的后裔，因避祸改姓。

据《桂氏家乘序》的记载，东周灭亡后，原王族周王的后裔姬季桢曾经任过秦国的博士。秦始皇焚书坑儒的时候，姬季桢被杀害了。姬季桢的弟弟姬季眭为了逃避株连的命运，就按自己的名字的读音"眭"，将姬季桢的四个儿子更改姓名避祸。长子名奕，改为桂奕，居住在幽州守坟墓；老二叫昋突，迁居济南朱虚；老三叫炅奖，居住于齐国历山；老四叫炔獒，移居河南阳城。于是有了桂、昋、炅、炔四个同音的姓。桂姓就是姬季桢长子桂奕的后代，世代相传桂姓。上面所说的四个姓，字虽然不同，但是音却是相同的，为同宗同源。五代的时候，四姓为了躲避战乱，南渡到广信、上饶及河南汝州等地区。桂姓郡望：天水郡（今甘肃省天水、陇西一带）、幽周郡（今河北省北部及辽宁省一带）、燕郡（今河北省北部）。宗祠通用联云："望出天水；姓启桂奕。"全联典指桂姓的源流和郡望。

②桂卿（？—992），字威显，原是山东季孙氏的后裔。仕南唐，封大司空，累官银青光禄大夫、上柱国、晋司空、靖边总辖使。入宋以后，加检校、国子监祭酒兼监察御史等职。后来任信州靖边总辖使。做了两个朝代的官，清廉爱民，人民建庙奉祀他，曰"民祀堂"。

③宗祠通用联云："平盗功高，坚守退藏劲节；宜民简政，雅持淡素清风。"上联典指宋代国子祭酒桂卿，有惠政，乡立有庙祀之。（见②）下联典指宋代良吏桂南升事典。桂南升，字志和，号东湖散人，贵溪（今江西贵溪）人。重和元年进士。康王即位，擢吏部员外郎，寻知惠州，兼本路安抚。秩满，卒道州。

④宗祠通用联云："折狱成书，棠阴比事；蒙难守义，桂母达观。"上联典指南宋慈溪人桂万荣。（见⑤）下联典指宋谢枋得之母桂氏，桂氏尤贤达，自谢枋得遗播，妇与孙幽远方，处之泰然，无一怨语。人问之，曰："义所当然也。"人称为贤母云。

⑤桂万荣（生卒年不详），南宋慈溪（今浙江慈溪东南）人，字梦协，世称石坡先生。庆元进士。历官余干县尉、建康司理参军、朝散大夫、宝章阁直学士，以知常德府致仕。归里，问学于杨简，创石坡书院。读书讲学，曾辑录古籍中有助于折狱之事，编成《棠阴比事》。这是中国古代的一部案例汇编，其中有一些案例涉及法医鉴定的内容。"棠阴"，指周代召公南巡时，曾在甘棠树下办案，后用"棠阴"比喻惠政。宗祠通用联云："棠阴比事；国学蜚声。"上联典指南宋慈溪人桂万荣；下联典指明代安仁人桂萼。（见⑨）

⑥桂彦良（1321—1387），名德偁，号清节，元明之际浙江慈溪（今江北区慈城镇）人。少年慧敏，勤奋博学。元末为乡贡进士，曾任平江路学教授，观世不可为，遂东归，放情山水间，肆为诗古文。张士诚、方国珍争相聘请，均不就。洪武六年（1373）应征召入京，授太子正字，在文华堂为太子以下多位青年官员讲学，以孔孟圣学为本，汇聚历代治政之精华，联系明代国情之实际，解当务之急。两年后，学生中有七八人擢为行省参政，八人为按察检事，十九人出任知府，其余皆授御史。朱元璋也时有咨询，彦良所对，帝每称善，书其语揭便殿，曾呼"老桂"而不名。朱元璋特别重视皇室子弟的教育，选择诸王傅非常慎重，因而命彦良出任晋王府右傅，并亲自为文赐之。彦良入谢。帝曰："江南大儒，惟卿一人。"对曰："臣不如宋濂、刘基。"帝曰："濂文人耳；基峻隘，不如卿也。"彦良至晋，编制《格心图》献王，又改革王府官制。后升任左长史，赴京朝见，条陈治道所急，名为《万世太平治安十二策》，主旨是：法天道、广地利、顺人心、养圣德、培国脉、开经筵，精选举，审刑罚，敦教化，驭戎狄，贤俊，广咨访。朱元璋阅后大加赏识，曰："彦良所陈，通达事体，有裨治道。世谓儒者泥古不通今，若彦良可谓通儒矣。"洪武十八年（1385）告老还乡，两年后浙江乡试，又被任命为主文官，扶病往，既归，遂以疾终，谥文裕。著有《清节》《清溪》《山西》《挂笏》《老拙》等集和《陶诗春和咏》及《中都纪行》等。宗祠通用联云："主事议成大礼；治道首在正心。"上联典指明桂萼于嘉靖年间任刑部主事，上疏议定大礼，甚合帝意。（见⑨）下联典指明代桂彦良尝曰："论治道在正心，正心在惩忿窒欲。"太祖曰："江南大儒，惟卿一人。"

⑦宗祠通用联云："明代江南大儒；慈溪古香先生。"上联典指明代太子正字桂彦良。（见⑥）下联典指明代名儒桂怀英，慈溪人。以博学称。方孝孺慕其名，学者尊之为"古香先生"。著有《桑榆稿》。

⑧宗祠通用联云："廷用堪称良吏；中行有号青天。"上联典指明代洪武间巢县令桂廷用，以风节自持，教化大行，民物咸阜。下联典指清代湖南按察使桂中行（见⑫）。

⑨桂萼（？—1531），字子实，号见山，余江县锦江镇人。正德六年（1511）进士，授丹徒知县，史称其人性刚使气，屡忤上官，后调知浙江青田，不赴。用荐起知武康，复忤上官下吏，还遭到御史白简弹劾。桂萼不但屡忤上官，他和一般的胥吏书手的关系也不协调，这种情况在封建社会中

实属少见。桂萼在县任职，非常了解缙绅势家及豪强地主欺隐土地逃避赋役的情况，深知赋役不均给朝廷的统治带来的不稳定因素，因之，他积极致力于均平赋役的工作。然而官豪势家总是通过合法或非法的手段，把赋役转嫁到贫苦农民身上。官豪势家不但通过诡寄、飞洒等诸种手法欺隐土地，又独占肥沃的土地，却只按低税率交纳很少的田租，不愿为农民"分粮"和"为里甲均苦"。只要有志于清理赋役积弊改变不公正状况的州县正官着手于丈量土地或均平赋役，"势家即上下夤缘，多方排阻"，使之不能有所作为。桂萼历次任上，都致力于均平赋役。正嘉之际，他任成安知县，排除多方阻难，终于完成了清丈土地的工作，成安"原额官民地二千三百八十六顷五十九亩九分"，清丈之后，"均量为大地二千七百八十一顷四分五厘"。丈地之后，桂萼"计亩征粮，民不称累"，纠正了当地社民享无税之田、屯民供无田之税的不合理现象。桂萼看不惯官场中的贪污腐化，痛恨势家豪强和地方官吏上下勾结、在征赋派役中营私舞弊的各种丑行，这就是桂萼屡忤上官下吏的社会原因。历任丹、武康、成安等县知县、南京刑部福建司主事、翰林院学士、詹事府兼学士、礼部侍郎、礼部尚书、吏部尚书、太子少保兼武英殿大学士等职，升迁之快，史不多见。所经各任都能端正风俗，抑制豪强，政绩颇著。嘉靖九年十二月告老还乡，不久病死私第，朝廷追赐太傅，谥"文襄"。誉"均平赋役，屡忤官吏"。著有《历代地理指掌》《明舆地指掌图》《桂文襄公奏议》等。下联典指明代安仁人桂萼，字子实，号古山，正德年间进士，嘉靖初年由成安知县升南京刑部主事。当时，他与张璁同僚，二人意气相投，一起上疏论大礼，说："非天子不能议礼；天下有道，礼乐必须自天子出。"又请求称孝宗朱祐樘（世宗的伯父）为"皇伯考"，称兴献王朱祐杬（世宗的父亲）为"皇考"，深得世宗欢心，很快升任吏部尚书兼武英殿大学士（宰相），参与机密。死后谥文襄。有《桂文襄奏议》《舆图记叙》《经世民事录》。

⑩桂馥（1736—1805），字未谷，一字东卉，号雩门，别号萧然山外史，清朝书法家、文字训诂学家，山东曲阜人。桂馥书法晚称老苔，一号渎井，又自刻印曰渎井复民。乾隆五十五年（1790）进士，官云南永平县知县。精于考证碑版，以分隶篆刻擅名。曾为"阅微草堂"题写匾额。他治学潜心于文字训诂，曾用40年的时间，研究许慎的《说文解字》，著有《说文义证》50卷及《缪篆分韵》《晚学集》

等。他与同时代的段玉裁齐名，世称"段桂"。

⑪桂文灿（1823—1884），字子白，广东南海人。著名清朝官吏、学者。清朝道光二十九年（1849）举人，同治元年（1862）呈所著经学诸书，皇帝称"具见（其）潜心研究之功"。光绪九年（1883），任湖北郧县知县，为官清廉，不用仆人，也不带家人，公事、家事都亲自动手。他的学说以博文、明辨、约礼、慎行为宗。光绪十年（1884），以积劳卒于任。尝与曾国藩、林昌彝、陈庆镛、郭嵩焘等交游。著有《潜心堂文集》40多种。生平潜心经术，著述甚丰，有《四书集注笺》《周礼通释》《经学博采录》《子思子集解》《潜心堂文集》《毛诗释地》《广东图说》等50余种。宗祠通用联云："参修永乐大典，功高望重；自著潜心堂集，绩显名扬。"上联典指明代学者桂宗儒、桂宗蕃，为桂彦良的从子，皆擅长文学，均曾参加《永乐大典》的编修。下联典指清代举人、郧县知县桂文灿。

⑫桂中行（？—1895），字履真，江西临川人。晚清将领，咸丰间以县丞从军。历任均有声绩。尤慎于折狱。民号曰青天。善八分书，尤工画兰。先世贾贵州，遂占籍镇远。清咸丰（1851—1861）年间诸生。咸、同间，积军功，为知县安徽，署合肥、蒙城、阜阳。曾国藩率师征捻，檄中行察勘蒙城圩寨。蒙城故捻薮也，中行单骑历诸圩，晓以利害，择良干者为圩长。坚壁清野，寇无所掠。礼接耆老贤士，从询方略。得通捻奸民簿记之，诛其魁桀数十人，豪猾敛迹。岁余，威化大行。民陷贼及远徙者，相率还归。以功晋知府。调江苏，管扬州正阳厘榷。光绪元年，署徐州，以祖母忧去官。三年，宣城、建平民教哄，焚毁教堂。总督沈葆桢强起中行往治，中行谓："民倡乱当治如律，然民所以乱，由教堂侵其地。今当令民偿教堂财，而教堂还民地。"持数月，卒如中行议。内艰归，服阕，檄治皖南垦务。皖南兵燹后，客民占垦不输赋，至是清丈田亩，无问主客。客民噪，捕斩其魁，乃听命。三岁事竣，增赋巨万。九年，补徐州。值水灾，兴工赈，修堤二百余里。又浚邳州艾山河，筑宿迁六塘埝，水患除，民以不饥。治徐十二年，课农劝士，盗贼衰息。擢岳常澧道，数月，迁广西按察使，复调湖南。二十年，卒。中行所至有声，官江南最久，民尤爱戴之。附祀徐州曾国藩祠。

2015年8月应《中华百家姓氏赋》之约而作

五 文存

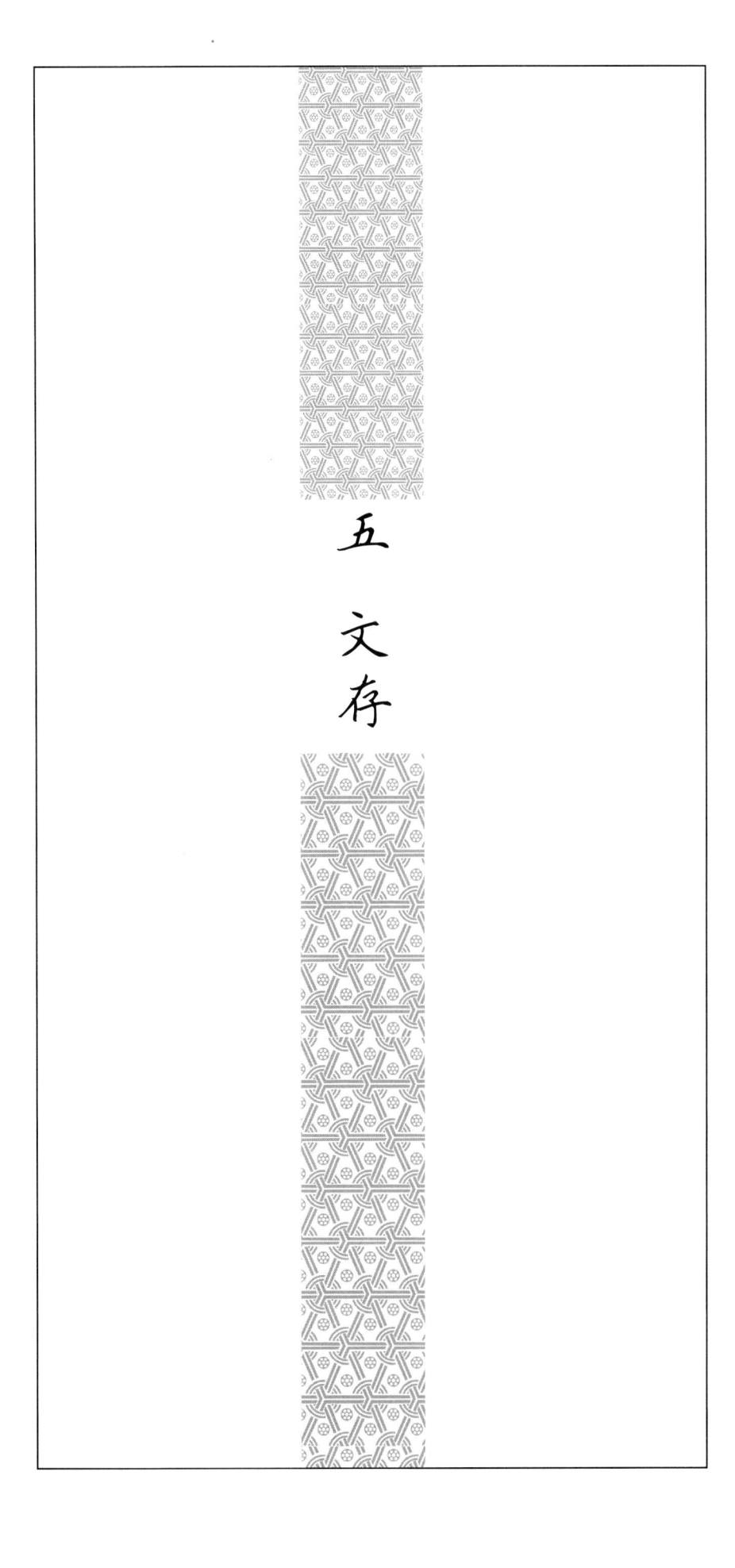

岁月留痕
——父亲的回忆录

一、少年求学：从宁波到上海

我于1925年10月27日（农历九月初十）出生于宁波庄市鹭林上庵跟前桂（现属江北区甬江街道）。父亲早年就在上海经商，母亲住在老家（宁波许多家庭都是这样，俗称在外做生意的老公为"出门人"）。据我回忆，我的祖父在宁波城里开过雨伞铺，是前店后坊式的。祖父在我出生前就去世了，祖母一直在乡下与我们同住，直到1949年前后故去。

少年时的我一直跟在母亲身边，幼时，就在附近的浃北小学读书。到了40年代初，父亲在上海逐渐站稳了脚跟，当时在上海开报关行，从事进出口生意。于是，母亲带着我与妹妹芝华（小名阿菊）到了上海定居，与父亲团聚在一起。那时我们全家租住在英租界位于南京西路福佑里的一排里弄房子里（即后来苏联援建的哥特式尖顶的上海展览馆对面），内有抽水马桶等新式设施，还有阳台、独立的灶披间。这阶段，父亲收入稳定，生活无忧，阖家团圆，其乐融融。我先后求学、毕业于上海武定小学、上海肇光中学。

太平洋战争爆发后，父亲因报关行被迫关门失了业。由于家里的经济逐渐拮据，我和妹妹相继辍学。举家搬到了"华界"（所谓"华界"是指上海沦陷后老城区中国人集聚区域，繁华地段已被帝国主义列强瓜分为法租界、英租界和日、俄侵占区等）。我们定居在南市区方浜中路县后街44号，住的是"工"字形的二层木结构老式楼房，有一厅前后四厢房，我家住在前厢房，此时的居住条件大不如前。我结婚后到去西安前，一大家子就一直住在这里。

二、青年求索：从谋生到发展

在此后不久，妹妹就出嫁了。我为维持生计，也出去到处找工作。在医药门市店做过店员，在德国人经营进出口业务的写字间做office boy（办公室服务生），在木材门市店做练习生。这阶段我为了养家糊口，面对起早贪黑、筋疲力竭才赚几个小钱的生存压力，更加促使自己想谋求稳定的职业，能挣钱养老，继而成家。

后来有幸通过来木材行客户的介绍，进了上海著名的建筑企业——陆根记营造厂做练习生，拜业主陆根法先生为师父（俗称先生）。

营造厂有一幢四层的大楼，其中一部分被分隔出来供业主一家生活起居之用，前后还有广场、库房和机修房等，堆放建筑机具、材料、杂物等。在我的印象中，陆先生在经营上很精明，不仅主营高楼大厦的建筑业务，还兼营维修、装饰等零星业务，甚至连为居民修理上下水道、水箱及电暖等小作坊的活也干，可谓"大中小通吃"，不让设备、人员闲着，以多赚钱。

我进了"陆根记"后，由于工作勤谨，深得先生的器重。他在工作时常常把我带在身边，即使在办公室或与客商谈生意的场合，包括承揽工程、签订协议合同时，也把我作为学生、助手介绍给对方。尤其在两年多后，先生对我愈加信任有加，无论家事和业务上的事，对我毫无隐讳。在出入交通方面，也给予特殊待遇：老板坐自备的高级黄包车，而给我配备了一辆英国产的"兰铃"牌高级脚踏跑车；后来他改坐小轿车，又给我换成漂亮的人力三轮车，由专职车夫驾驶。在公司里吃饭时，会客室里摆了一张八仙桌，作为先生夫妇和营造厂重要人物的用餐专桌，就餐时也经常讨论一些公司的最重要事项和工程技术方面的疑难问题。后来我竟也成为座上宾，师母还时不时地让佣人专门煮了夜宵给我吃，我真有些受宠若惊。

  在此期间，我从学徒做起，在先生的亲自指点关怀下，受益匪浅，特别是在工作中直接接触到一些具有高学历的高级顾问、工程师等工程技术人员，以及有着丰富实际操作经验的老技工，深感自己知识缺乏，渴望进修求知，进一步充实提高自己的业务水平。于是向先生提出进修学习的恳求。先生很赞赏我的上进心，而且考虑到我通过进修学习提高后可以更好地为本厂服务，加上师母的热情进言，终于得到了先生的首肯支持。

  经本厂的高级顾问刘鸿典先生（新中国成立后调到西安冶金建筑学院任教授、建筑系主任）推荐，我进了他所创办的宗美建筑专科学校就读，一边工作一边学习，大专毕业后又到同济大学建筑系结构专业继续学习，完成了大学的学业。对此，我内心充满了喜悦感激之情，学习上刻苦钻研，在工作上更加奋发努力，因而也更为先生所赏识，委以工程师职位，负责工程技术工作，给我的待遇也更加丰厚。从此，我挑起了家庭的生活重担，并以能让家里的父母、祖母衣食无忧，过上安定的生活而倍感自豪。

在这八年多中，我能够从一个刚刚踏入社会的年青人，迅速成长为一个专业技术人员，完全得益于两位终生难以忘怀的恩师——开门师父陆根法先生和理论导师刘鸿典先生。我从启蒙入门到登堂入室的提高，离不开他们的指点和教诲！

1946年春，我在上海结婚成家，刘鸿典先生是我的证婚人，师父陆根法先生主持了我们的婚礼并赠送了丰厚的贺礼。

我在成长的经历中逐渐明白了一个道理，只有国家强大了，百姓才能安居乐业。抗战胜利后，战后的中国需要恢复建设，我怀着一颗朦胧爱国之心，盼望和平建设国家，投身于重大建设工程的技术工作，欲以技术报效国家。恰逢建筑行业的一位前辈汪季琦向中华联合工程总公司副总经理夏行时推荐我去他公司就职。我向先生主动提出了辞职请求。先生一开始坚决不同意，其实他内心十分痛苦，很难接受这样的事实，但见我去意已定，实难挽留，只好表示同意。我内心也很矛盾，有些依依不舍，拜别师父师母后，离开了陆根记营造厂。上海解放前夕，陆根法先生只留下长女一人在沪留守，将全部产业和家眷，都迁移到了香港。

我离开"陆根记"不久后，就追随夏行时就职于中华联合工程总公司南京分公司（分公司经理由夏行时兼任），我负责房屋建筑现场的施工技术工作。说起夏总，他毕业于中央大学土木系，不仅是新中国第一本工程刊物——《工程建设》的创办人，也是第一家国营建筑公司——华东建筑工程公司的组建者，还是建工部（为今建设部前身）确认的第一批为数不多的一级工程师之一。

1946年秋，总公司集中全公司主要技术力量，成立了青岛分公司，分公司经理由总公司的总经理吴世鹤兼任。他是北洋大学毕业的，抗日战争期间，吴世鹤与汪季琦、夏行时、钱康衡等几位同事，成立泰山实业公司，被推为经理。1945年，抗日战争胜利，泰山公司与中国建筑工程公司合并成立中华联合工程公司，担任过协理、总经理、总工程师等职。新中国成立后同他共事十余年的中共地下党员、时任上海市工务局副局长的汪季琦，推荐他负责组建国营建筑公司，担任上海市工务局公营建筑公司常务副经理。他曾先后任华东建筑工程部营造处副处长，技术处处长，建筑工程部技术司副司长，施工局、科技局副局长等职。卓有成效地组织指挥了我国第一汽车制造厂等多项大型工程建设项目的实施。

此时，我也被调到青岛，任施工现场工程师，参加承建青岛五号码头。这是当时联合国救济总署支援中国的重点项目之一，采用美国进口的钢板桩打桩围成围堰，以上、中、下三层钢拉杆与江岸连接来支撑加固，然后分次把水抽干后再填充砂石而成。该工程历时一年多才完成。

1948年年初，我又受聘于国华建筑工程总公司，参加承建联合国在我国援建的另一个重点项目——钱塘江陈汶港防洪堤坝工程，它是先用土方堆成土坝后，再用水泥砌块做护面的。当时，我负责其中一段施工现场的技术总指挥。1949年5月杭州解放，该工程过半尚未收尾，国华公司即将被收编改制为公私合营企业。

父亲在失业几年后，经朋友介绍在外洋轮上担任理货主任，经常跑南洋一带。1949年轮船在香港停泊时，大陆已解放，国民党残余势力扣住船只，欲驶往台湾。因全体海员的家小均在大陆，不愿赴台，大家于是弃船而返。父亲辗转回到上海后，一直失业赋闲在家。我作为独子，也就从此独自挑起了抚养全家老小的责任。父亲后来回故乡宁波定居，直至1956年冬病故。

三、人生转折：参加革命工作

1949年9月间，经汪季琦、夏行时介绍，我参加了革命工作。夏行时当时在上海军管会正筹建的华东建筑工程部担任总工程师，他推荐我到材料供应部工作，负责整顿业务和组建队伍等。我带领大家努力工作，使原来混乱不堪的局面走上了正轨。后来人员整编建制，成立了建筑材料供应总公司。

因我原为工程技术人员，于是申请技术归队，此后又继续从事建筑工程技术工作。当时正值恢复经济时期，我国开始156项重点工程的建设。我被分配到东北沈阳工程处，先后参加了沈阳电机厂、抚顺电磁厂的筹建。

工程结束后，我又调回了上海。此时，国家进行社会主义建设，任务十分繁重：一方面，要努力恢复被国民党破坏的经济；另一方面，为了防止帝国主义的挑衅和侵略、同时为了解放台湾，需要加强战备。中央决定将部分军队整建制转业搞建设（转兵为工），许多地区都有这样转业的建工师。华东（上海）就接受了两个师，称为建五师、六师，并成立了"军转工"的联合司令部技术教导队。联合司令部的驻地就在上海东北郊江湾的旧跑马厅（场），那里有较大的空旷地，便于驻扎军队和开展转业技术培训工作。技术教导队主要负责培训团、营级干部和具有高中以上文化程度的文职人员。连、排级干部除了管理部分的内容由教导队代培外，实际操作技能则同战士一起参加由团部组织的培训。

我当时被直接分配到中国人民解放军建筑工程第六师十六团任工程师。由于当时的转业军人只会打仗，不懂生产技术本领，为使他们尽快掌握一门技术，成为熟练的建筑工人，需要大量的老技术工人当操作教员，如师傅带徒弟式的手把手地教会军人。这些师傅一是从被接收的公私合营的工厂中找，二是通过劳动局从社会上招聘有熟练技术的各工种的老工人，正式作为部队师团内不穿军装的工人。

十六团对外的公开名称为"钢铁厂"或"宁波工程处"。当时在江湾培训时，十六团培训的是搞钢铁结构的建筑工人（故称"钢铁厂"），其他为建筑团，是搞泥瓦木匠的。团长、营长、连长和排长，相应分别担任工程处主任、股长、队长和工长。

十六团在上海江湾培训结业后，为锻炼队伍技术能力，就承接了几项工程，作为实习练兵。当时我在十六团担任团部的工务股股长，负责整个团的技术培训和施工组织的领导工作，宁波压赛堰军用机场就是其中的一项重要工程。我因工作业绩突出，曾荣立三等功，并光荣加入了中国共产党。

建五师、建六师这两个师在上海完成几项工程后，1954年相继辗转来到西安，支援大西北建设。后来五师整个师又转到四川成都去了，六师留在了西安，六师有三个团：第十六、十七、十八团。

四、西安创业：呕心沥血30余年

十六团1954年连人带机器设备，整建制落户到西安，筹建隶属于西北建筑工程局的西北金属结构厂。从此，十六团变为工厂，军人脱下军装，全体转业为工人。我是在上海过完30岁生日后，于1955年5月来到西安的。我只身从上海来到西安，全身心投入到西北金属结构厂的筹建工作。这是当时保障经济建设基础而先行上马的重点项目。此外还有华北金属结构厂（厂址在北京）、东北金属结构厂（厂址在沈阳）、西南金属结构厂（厂址在成都）、华南金属结构厂（厂址在武汉）。当年，这五家金属结构厂作为兄弟厂，在全国颇有名气。

一年后妻子才带着在上海出生的次子维康和在宁波出生的三子维民，来到西安团聚。长子维诚按父亲的意愿，留在了宁波，最后为爷爷送了终（1956年冬去世），1957年夏长子也来了西安。后来我们在西安又先后生了四子维平、女儿维真和幼子维中。我的母亲在1959年也从故乡宁波来到西安，一大家子九口人，生活虽然简单平常，但十分和睦幸福、团团圆圆。

我长期在生产、技术和科研管理岗位上，组织指挥或主持参加了西北地区甘肃、宁夏、青海等地的电力、邮电、水利等重点工程的建设，如带领大家攻克技术难关，制造安装了由苏联设计的三门峡水库闸门（每扇重达40吨），指挥制造安装了陕西飞机公司总装车间65米大跨度钢结构屋架、西安变压器厂钢结构厂房以及陕西体育馆钢网架屋顶等重点工程项目；组织研发新产品为企业从单一的建筑钢结构生产过渡到建筑机械制造做出了贡献，如20世纪60年代研制了仿英"建设牌"JS型翻斗车系列、H201型手扶蛙式夯土机等建筑机械，可以代替人力打夯，填补了当时国内的空白。这两种建筑机械被广泛应用，在建筑业界被通俗形象地称为"咚咚机"和"嘭嘭机"，畅销国内外，曾遍及全国大小军事、民用建筑工地以及援外工程的工地，还在抗美援越战场和国内建筑工程的施工上发挥了重要作用。"建设牌"JS型翻斗车系列曾荣获全国第二次科学大会技术进步质量银奖。

因我在金属结构和建筑机械方面所取得的成绩，多次被评为省、部和厂级先进工作者；并作为高级工程师、建筑机械专家学者，曾被聘为中国建筑机械制造业的权威杂志《建筑机械》第一、第二届编委，西安交通大学机械系焊接专业论文答辩委员会特聘专家等。我在1955年到1989年退休的35年间，先后担任车间主任、生产技术科科长、技术科科长、科研室主任、副总工程师、总工程师等职。1989年5月退休后，担任陕西建设机械集团公司顾问，继续为企业的生产和发展出谋划策。

五、安度晚年：共享改革开放成果

退休后，我虽然身心得到了放松，但一度曾不太适应。后来经过一段时间的自我调节，我学习了气功知识，在早晚练功的同时，还常常跑跑步，强身健体，愉悦身心，从中受益匪浅。过去因为工作繁忙不曾料理家务，尤其是公务缠身基本上不理家政，是个名副其实的"甩手掌柜"。现在闲暇了，轻松了，与老伴一道操持家务，共同上街购物，一起煎炒烹炸，从中体会到前所未有的生活情趣。赋闲后，能够常常与儿孙们欢聚一堂，教孙子、孙女识字绘画，接送外孙上下学，尽享天伦之乐。

改革开放30年来国家发生了天翻地覆的变化，我们退休老人也感同身受。近年来，落实企业高级知识分子退休待遇以及较大幅度调整企业退休人员待遇，我都赶上了，高兴地分享到改革开放的成果，真的很知足了。

孩子们为了丰富我们的退休生活，充分享受大自然的旖旎风光，先后带我们去海南、深圳、珠海、上海和宁波故乡等沿海地区感受改革开放的新变化，畅游长江三峡，攀登秦岭高峰，陪我们到祖国各地的名山大川观光游览。这些年来，我和老伴的退休生活过得丰富多彩，有滋有味。

随着社会的发展和生活水平逐渐提高，孩子们的住宿条件不断得到改善，我们也得到了孩子的孝敬，与他们多次共同分享了乔迁之喜，大家的住房条件越来越好，生活水平越来越高，我最后定居在三子维民的家里安享晚年。他的住房厅堂宽敞，我们也有了独立的居室和健身的场所，实现了老有所养、老有所乐。如今孙辈们都逐渐长大成人，或已就业工作，或陆续就读于国内外著名高校，特别是2005年我又有了第四代重孙。不久前，第二个孙子也结婚了，我的第二个重孙也将诞生，届时我们和睦的大家庭人口就达24口之多。作为年过八旬的老人，尽享四世同堂的天伦之乐。

我这一辈子走过了80多个春秋的人生历程，十分庆幸如今得以幸福地安度晚年，与大家一起共享改革开放的胜利成果，我很骄傲、很自豪，也很知足。

2009年1月病中初稿
2010年4月定稿

关于十六团的回忆

——父亲答西北金属结构厂职工子弟陆世兴问

陆世兴的父亲陆师傅（名字记不得了）是热锻工师傅（俗称打铁工），当年在十六团做操作教员，他是属于被招聘的公私合营工厂的工人。

建五师、建六师在上海驻地的详细地址是"江湾"，这其实是位于上海东北郊的概称，靠近上海黄浦江入海口——吴淞口那里。"五角场"指的是在江湾镇区域内的一个广场，因五条不同方向的马路交会集中在这里而得名。

"江湾体育场"距离"五角场"的东北方向两三公里路，大约是在30年代时建的体育场，我记得这是我的老师刘鸿典建筑师的大作之一，以后曾一度改为赛马场，叫江湾跑马厅，其实"江湾体育场"与"跑马厅"是同一个地方。

当时陆师傅他们在江湾期间的住地情况：部队军人和有的管理层的干部均在场内搭的临时住棚内住宿，一些单身的工人为教学方便也住在里面，而带家属的一般是不许住在里面的，只能在场外附近老百姓那里租私房住。陆师傅家可能是住在场外的，住的具体位置，因我没有去过，就不详了。

上海另一处的跑马厅位于市中心的西藏中路，即现在称为"人民广场"的地方，为英国人所建的赛马赌场，此处当时为英租界属地。新中国成立前大门口曾挂出一块"华人与狗不准入内"的牌子，成为中国人在自己的国土上受外国人侮辱的一例国耻。而上海徐家汇附近还有一处跑狗场，是法租界属地，也是赌场，以真狗追电兔的比赛方式来赌输赢。

2008年9月病中初稿，2009年1月增补

《我们一家》寄语

桂 子

打开一张张泛黄的老照片，回溯父母亲走过的道路，如坐春风，如沐春晖；几多深情，铭刻在心；感恩父母为养育我们所付出的艰辛，牢记父母留给我们下一代的人生启示。

——卷首语

当八十多年的岁月悄然流走，千丈高树的绿荫下，当年的一株株幼苗已蔚然成林；一个个定格的瞬间，记录了春的明丽，夏的丰润，秋的绚烂，冬的淡定；一串串铿锵的音符，奏成一曲如歌的行板，汇入了时代悠远的交响……

——压卷语

我们一家不辱桂门荣耀。历代安居乐业，忠厚传家。曾祖曾在故乡开设制伞作坊；祖辈沪上创业，涉足外贸，经营报关行，开创一代荣华；父辈自强不息，以技立身，由上海定居西安，白手起家，科技报国，位至高级工程师总工，如今颐养天年，四世融融；我们儿辈六人恪遵庭训，刻苦学习，经历动乱，勤学不辍，分别获得博士、本科、专科等高等学历，如今分别在厅级干部、中学高级教师、工程师、高级经济师、经济师、高级记者等岗位上事业有成；孙辈七人先后接受高等教育，其中三人出国留学，最高学历达博士，其中学成就业的已有高级经济师；重孙辈得前辈荫庇，正幸福成长……

"谁言寸草心，报得三春晖。"父母养育之恩，恩重如山；我们作为子女沐浴春晖，永远心存感激。从呱呱落地到牙牙学语，从入学启蒙到毕业学成，无不浸透双亲的心血和辛劳。由于时代的原因，我们分别经历了上山下乡或进厂学艺等挫折和历练，当年更让父母为之操心牵挂而殚精竭虑。后来我们陆续就业，父母仍然关怀备至，又一个一个地为我们操办择偶成家的终身大事，并亲自抚育孙辈……日月如梭，岁月流逝。等我们各自成家立身，安居乐业，父母已两鬓斑白，垂垂老矣。父母毕生操劳，无私奉献。如今我们看到双亲盛年不再，体弱染疴，怎能不感到愧疚莫及，不禁唏嘘不已！

　　三四年前，维民曾提议编一本家庭纪念册；去年春节，他再次和大家商议此事；一直在维民家安享晚年的父母亲对此也十分支持。于是，在维民多次策划下，搁笔多年的父亲重新提笔撰写回忆录，母亲也回忆提供了许多家世资料，我们开始分头翻拍老照片，着手整理编写。一年多来，父亲切切在心，不顾体弱多病，多次修改回忆录，几易其稿，并亲自翻检整理了许多资料和照片。直到今年春上，我们按照父亲拟定的具体分工，对所有资料再次做了梳理精编，呈父母亲审阅后定稿。日前，父亲经推敲再三，亲自把纪念册命名为《我们一家》拳拳之心，溢于言表。

　　如今，这本《我们一家》纪念册即将付梓，谨以此献给我们敬爱的父亲母亲，聊以告慰双亲对我们下一代的殷殷期冀。纪念册作为我们桂家几代的真实写照和人生记录，具有纪念和传承的双重意义。父母亲毕生奉行自强不息，与时俱进的人生信念，身体力行勤谨淡泊、自奉节俭的传统美德，开创了一代团结和谐、慈爱孝悌的淳朴家风。这正是弥足珍贵的传家之宝，我们应该代代相传，不断继承弘扬！

——后记

己丑新春家宴记

桂维民

2009年1月30日中午，时值己丑年正月初六，牛年春节假期已近尾声，父母与我们儿孙三代十余人欢聚一堂。举行了一次难得的家庭宴会。

为欢度牛年春节，鉴于父亲健康的原因，维民一改往年在饭店聚餐之定例，特设家宴，诚邀兄弟妹们来家中与父母团聚，借此祝贺父母病后康复，并为维诚长兄来西安探亲后返甬饯行。

早在鼠年除夕前，维民经与母亲商定后，精心安排，决定举办一次全家参与的"四自"家宴——自选菜单、自己动手、自家操办、自家人聚会。全席清淡素净、色香俱佳、凉拌热烹、佳肴丰盛。席间，父母亲以茶代酒，后辈们各自手端热乎乎的陕北稠酒，敬老尊长，共同祝福！全家欢聚，其乐融融，时而欢声笑语，时而动情唏嘘，时而掌声连连，充满了喜庆、欢乐、祥和、温馨、团圆、和美的气氛。

家宴甫定，大家欢聚于厅堂。二老端坐上方，笑容满面。所有聚餐的儿辈离席站成一排，依次向父母高堂行跪拜叩首的传统大礼，拜年祝福！父母大人一一接受后辈们的祝福。而今两位老人儿孙绕膝，四世同堂，抚今追昔，感慨万千。礼毕之后，父亲首先满怀激情地发表了即席感言——

今年是牛年，也是我和阿大诚儿的本命年，维民特意为我们添置了红色夹克衫，希望带来吉祥和幸运。今天是大年初六，是"六六大顺"的好日子，全家人聚在一起吃顿团圆饭，六个儿女都齐了，既是给老人拜年，也是给老大维诚饯行。看到你们功成业就，儿女孝顺，家庭幸福，我很高兴、也很激动，给你们说几句心里话——

冬去春来，先从维民家的新年新气象说起，爆竹一声，除旧迎新，寿禄入家，迎福进门，这副春联选得好："平平安安吉祥第，和和美美幸福家"；横批"四季平安"。——这是我们这个大家庭的共同祝愿。

按照民俗，除夕下午在房间大厅里挂上了这个倒"福"字，这是我除夕那天亲自制作的，也代表我的一份美好祝愿：福到厅堂，愿桂家代代兴旺！在我们的卧室门头，也贴上了诚儿所撰、平儿托书法名家书写的一副春联："牛似南山虎，马如东海龙"；横批"己丑吉祥"。（热烈鼓掌）

迎门映入眼帘的是千里马头像，再看楼上的"轩隆书斋"，春意满室，维诚给维民写了一副对联，祝贺他的新著出版："幽篁翠叶掩映案头新著三两本，细雨微风催开窗外春梅四五枝。"

新年伊始，喜报频传——先是维民著作再版，几经修订，即将付梓；再是喜获新春第一个好消息：维民的儿子已考入美国的大学，即将赴美留学读博，他将成为我们桂家第一个出国攻读博士的留学生，这是大喜事哟！（热烈鼓掌）

看到客厅里这只"锦鸡报晓，紫气东来"的玉雕，十分精神，我很喜欢，因为我们家有四只公鸡——属鸡的阿四维平、三孙、外孙，还有第四代曾孙。希望他们健康吉祥，新年进步！

再说说我和老伴，从1946年结婚成家到现在，转眼已经度过了"钻石之婚",60多年来,相濡以沫,相敬如宾。老伴担负了"1+6+4"的重任(1是老伴我,6是6个儿女,4是4个孙辈),上有老下有小,受尽辛劳,付出很多,十分不容易!好在我们晚年享受了社会劳保待遇,现在又有了80岁以上老人生活护理费。我们多年来一直住在维民家里,生活很幸福,够满足啦!

由于这几年我们年老多病,对维民一家和其他儿女都有拖累,特别是维康,每次住院多是他在医院照料,我们心里是明白的。维康儿子也已经工作了,但愿他能早日成家!维平的女儿今年暑期将要到德国的大学交流学习,希望她取得新的进步!维真的儿子也属鸡的,希望外孙好好学习,天天向上!期待维中的女儿今年高考金榜题名!也期盼我家第四代小公鸡茁壮成长!

其他的我也不多说了,向儿女们致以节日的祝福!你们要记住,我们经历了新旧两个社会,我们家的今天证明:共产党好!社会主义好!改革开放好!你们要珍视新时代,珍惜好年华,珍爱我们这个家的光荣传统和良好家风!(热烈鼓掌)

父亲讲完后,又拉着母亲的左手,要她也讲几句。母亲年前手术以后恢复得不错,精神矍铄,她在几番推辞后,语重心长地说——

又是一年春节了,全家都好,我很高兴。这次维诚来看我们、共度佳节,增添了团圆的喜气。前些日子,长孙和孙媳带着曾孙子来西安,四世同堂,全家欢聚在一起,充满了喜悦,我和你爸心里都很激动。这次聚会,维民跟我商量好的,用心良苦，意味深长！虽然劳碌点，不如饭店里吃得排场，但气氛很融洽，也很热闹，充满了家庭的亲情和温暖。我们辛劳了一辈子，看到儿女们和孙子、孙女们，个个上进，小家庭的日子过得都不错，感到十分欣慰。希望你们和和美美，平平安安，身体健壮，学习进步，工作顺利！你们家家都过得好，我们老两口就很满足啦！（热烈鼓掌）

己丑新春家宴在春意融融的欢乐气氛中结束了，我们亲聆二老情深意笃的一番感言，百感交集。为使后人永志不忘，除了全程录像、拍照之外，家父提议实录写成《己丑新春家宴记》，并亲自执笔起头，后因病重而辍。又经父亲多次口述，最后由维民笔录成文，存之永远，以为纪念。谨以四言短诗纪之——

牛年大吉，春意浓浓；
举家欢宴，其乐融融。
中华红结，高悬南窗。
己丑献瑞，金牛呈祥；
奋蹄凌厉，豪气冲天；
红鬃骏马，马首是瞻；
蓄势待发，一往无前。
五谷粘像，神采飞扬；
钻婚伉俪，情深意长。
祝福二老，幸福安康；
松鹤延年，福寿无疆！

2009年2月

我的爷爷

桂一栋

月牙儿挂在树梢上,辞旧迎新的爆竹声此起彼伏地在夜空中回荡,厂部的办公楼显得更加寂静。时钟已敲过了七下,灯火通明的总工程师室里,一位年过花甲的老人还在埋头画着图纸。人们早就下班过年去了,可是他一工作起来就忘记了时间。

这位老人就是我的爷爷。爷爷已经60多岁了,头发花白,双目炯炯有神,稍黑的脸庞饱经风霜,高高的额头上刻着一道道皱纹,仿佛深藏着无穷的智慧。他总是一心扑在工作上,兢兢业业,一丝不苟。

除夕之夜,奶奶已准备好年夜饭,可是爷爷还没有回来,桌上的饭菜都快凉了。这时奶奶抱怨起来,于是我自告奋勇到厂里去找爷爷。我一进办公室,只见爷爷正在奋笔疾书。我轻轻叫了一声"爷爷",他好像没听见,我就大声地说:"爷爷。这么晚了您怎么还不回家?""哟,已经7点多了,一忙起来时间过得特别快呀。"爷爷看了看手表,抬起头说:"这份技术资料今天得赶出来,春节一过就要用的。我马上搞好了,你先回去吃饭,肚子饿了吧?""嗯,你不回去,我也不回去!"最后,我还是硬把爷爷拖了回来,否则爷爷不知道要忙到什么时候才回家呢。

爷爷不但对工作十分负责,而且处处以身作则。记得我小时候,有一次跟爷爷去厂里的澡堂洗澡。按规定本厂职工的家属洗澡时不用买票的。但那天我和爷爷刚要走进去，看门的老师傅却要我买票。爷爷听了二话没说，就去补了票。我想：凭什么要我买票，难道厂里的规定不算数吗？说实话，我还真有点儿想不通呢。洗好后，我刚出门却又被那个老师傅叫住了，我气坏了，就大声嚷道："你又叫我们干吗？"他听了却笑嘻嘻地对爷爷说："桂总，真对不起，我是刚刚调到这里的，不清楚厂里的规定，我把钱退给您。"爷爷反而劝他别太在意，这点儿小事不必老挂在心上。爷爷说完后就带着我走了，一路上，爷爷还教育我说："对老人说话要有礼貌，不要以为爷爷是干部你就可以特殊化了，应该带头遵守纪律。"

我的爷爷虽已年过花甲，但仍担任着厂里的总工程师。他主持设计的"建设"牌翻斗车，曾在全国科学大会上获奖，并荣获了国家颁发的银质奖。今年寒假我回西安时，又到爷爷厂里去玩。看到一辆辆刚生产出来的崭新翻斗车，整装待发，将源源不断地运往全国各地，支援四化建设；而且远销国外，为祖国赢得了荣誉，创了外汇。我想，这里凝结着爷爷的一份心血。但是他从来不炫耀自己，处处严于律己，带领全厂的工程技术人员勤勤恳恳地工作着。爷爷是属牛的，他确实做到了"俯首甘为孺子牛"，几十年如一日，兢兢业业，踏实肯干。

龙年的第一天，我给爷爷拜年，向他深深地鞠了一躬——我为有这样的好爷爷感到无比自豪！

> 1988年9月

母亲健身小记

桂维诚

2004年"五一"长假，我赶回西安看望了父母。看到年近耄耋的二老体健神怡，倍感欣慰。我的母亲从小在上海长大，20世纪50年代随我父亲支援大西北去了西安，至今已有半个世纪了。

1958年赶上"大跃进"，国家鼓励家庭妇女参加工作。母亲已有了我们兄弟四个，也毅然走出家庭，成为商业系统的一名职工。她一走上工作岗位，就从不甘人后，年年拿先进；下了班，更有做不完的家务事，加上后来又添了两个孩子，为一大家子的吃喝拉撒睡，忙得不可开交。当时虽然祖母也过来帮助照料，因为父亲是一家大型企业的总工程师，似乎从早到晚都有忙不完的事，家里几乎成了食堂旅馆，里里外外都得母亲打理。我有时半夜醒来，常看到母亲还坐在那台从上海带来的旧缝纫机旁缝缝补补，一家老小九口穿的盖的，都是母亲这样一夜一夜、一针一线地赶出来的。母亲心灵手巧，虽然孩子多，免不了新阿大、旧阿二，但每逢过年，总会拿出做好的新衣新鞋，让我们穿得体体面面的。记得那时我们吵着要买漂亮的篮球鞋，母亲为了节约，就买来厂家处理的半成品鞋帮，加上自己纳的鞋底，做成了一双双"布跑鞋"，既美观又透气。我们五个男孩理发，开始也是母亲买来理发推子自己动手，后来我们练出了手艺，才是兄弟互相服务。遇到三年困难时期，母亲为了保证我们的营养，变着法子让我们吃饱吃好。城里长大的她甚至开垦荒地，种起了麦子蔬菜，但她总是自己喝稀的，让我们吃干的。到了中秋节，月饼是凭票供应的，母亲又会自制各色馅饼分给我们……

母亲辛苦了大半辈子，把我们六个子女拉扯长大，可又遇上了"文革"，我们一个个下乡，她更有操不完的心。如今，父母看到我们自强不息，通过自学都获得了大学文凭，最高的已是博士学历，成了高级干部、记者、编辑、工程师、经济师、教师，个个安居乐业，事业有成，他们终于可以安享晚年幸福生活了。但由于长期劳累和营养不良，母亲落下了腰腿痛的毛病，虽遍求药石，却一直见效甚微。

这次回家，我看母亲精神矍铄，步履稳健，根本看不出已经76岁了。我想她一定找到了什么名医良药，于是问她是怎么治好的，因为我最近也得了肩周炎，也想治一治。母亲却神秘地说：先不告诉你，明天我就陪你去吧。

第二天傍晚，我跟母亲下了楼来到街上，我说叫个车吧，她说：不远，我们走着去好了。过马路时，我想搀上她，母亲甩开我的手说：没问题，我天天都去，这条路熟得很。左转右拐，走了站把路，来到了体育馆，我诧异地问：大夫住这里？母亲笑了笑：告诉你吧，最好的药就是锻炼，你看前面——

嗬，围着体育馆都是健身器械，不下百种。她先给我介绍了一款"太极推揉器"：你练练这个，对肩周炎肯定有疗效。我看着她做示范：只见两足轻移，双臂翻飞，如舞如蹈；可我上去一练，手脚怎么也协调不起来，母亲又手把手地教我怎么练，才五十挂零的我真是自叹弗如啊。母亲一来到这"英派斯健身广场"，似乎浑身充满了活力，在健身器械上挨个儿地活动起来，对那些"太空漫步"之类的大路货，她还不屑一顾呢。想不到老太太在拱形的长凳上做仰卧起坐，一口气能做20多个，还能把腿搁到一米多高"拔筋"哩……这时，刚好有一位老太坐着轮椅从旁边经过，看到这一幕十分羡慕，她问母亲多少年纪了，听了不禁面露惊异之色，因为她比我母亲还小多了。母亲原来就是这样，每天到这里一练几个小时，乐此不疲，所以，连吃药打针都没治好的关节痛竟奇迹般地痊愈了……

等到华灯初上，在闪耀的霓虹下，母亲红光满面，意犹未尽，又练了几十分钟，才擦了把汗停下。我问她累不累，她说：这样锻炼后，浑身舒畅，吃得香，睡得好。你坐办公室，也应该多动一动！——瞧，母亲又现身说法，给我上了一课。

2004年5月

（发表于《宁波晚报》2004年6月26日）

心系三秦情未了
——追忆先父

桂　子

敬爱的父亲，您离开我们整整四年了。依老家的风俗，按虚岁逢十祝寿，再过几天，就是您90岁生日了。多少往事难以忘怀，多少思念梦萦魂牵，多少话语想对您诉说，多少次梦中醒来，您的音容笑貌就浮现在眼前，您生前的教诲嘱咐常常回响在我们耳边——要清清白白做人，勤勤恳恳做事。

20世纪50年代初，父亲响应祖国召唤，从上海来到西安，支援大西北建设，他把青春和智慧奉献给了西安这个第二故乡，在这片当年百废待兴的黄土地上建功立业，最终长眠于秦岭的终南山下。青山巍巍埋忠骨，心系三秦情未了。镌刻于墓前的碑文："诗书传家，美德昭四世；科技报国，雄心酬三秦。"这正是他86年不平凡人生的最好总结。

父亲是一个做人做事都极其顶真的人。新中国开国伊始，他就参加了革命工作，脱下西装换上了灰军装，自觉接受新思想，认准了一生跟着共产党走，全身心地投入恢复经济建设的热潮中，奉献自己的聪明才智。

当年，中央决定将部分军队转兵为工，整建制转业搞建设。华东地区就接受了两个转业的部队——建五师、建六师，他们除受军队领导外，同时隶属于上海的华东建筑工程部领导。1954年，父亲所在的建六师十六团承接了宁波压赛堰军用机场工程，对外称为宁波工程处。父亲当时担任团部的工务股股长，负责整个团的技术培训和施工的组织领导工作。这段时间，父亲一直奔忙在机场工地上，那时全家都已从上海搬到了宁波老家，但他却很少回家，一直住在工地。由于工作业绩突出，他曾荣立三等功，并光荣入党。

1955年前后，建五师、建六师在华东完成几项大工程后，响应中央关于"支援大西北"的号召，相继来到西安，建五师后来又转战去了成都。建六师十六团连人带机器设备整建制落户到西安后，开始筹建隶属于西北建筑工程局的西北金属结构厂。十六团变为工厂后，军人脱下军装，全体转业为工人。

父亲在上海刚刚过完30岁生日，就辞别了一家老小只身来到西安。当时的西安城十分破旧，百废待兴，土围墙、土房子很多，马路不平，电灯不明。他们筹建的厂址就选在东郊的胡家庙地段，这里毗邻陇海铁路，四处坟堆，荒草遍野。为什么父辈们明知西北的环境艰苦，还是义无反顾地离开繁华的大上海，长途跋涉来到大西北艰苦创业呢？记得父亲生前多次对我们这样说："那时候，我们这代人都是满怀报效祖国、建设大西北的热情和事业心来到西安的，早就做好了吃大苦的准备，所以身上总有使不完的劲儿。"

厂子刚刚建成，父亲就动员母亲携子迁居到西安。他说厂里已盖好了家属楼，家具可以到行政科租的。于是，母亲在上海卖掉了结婚时置办的全套红木家具，拖着三个孩子，来到了举目无亲的黄土地。可是，到了西安一看，住房是那种苏式砖混结构的筒子楼，几十平方米的一大一小两居室。一问家具，原来就是长凳加大铺板，白坯的桌椅板凳而已。夏天没有电扇，冬天没有暖气。厨房里只有带烟囱的炉灶，没有烧的东西，只好从附近木材加工厂买来木刨花、锯末做燃料，直到后来几年才烧上了煤块，这跟上海的生活条件根本不能相比。面对母亲的不满和埋怨，父亲总是乐呵呵地说，万事开头难，厂里白手起家很不容易，以后厂子发展了，条件会慢慢好起来的。

父亲参加革命工作后，一开始是供给制。后

来按照政策恢复了原来工程师的工资标准，三年困难时期为了给国家分忧解难，按照组织要求，父亲还主动申请降低工资标准，从此，每月工资一直是124元，几十年没有变过，可子女多了，难免入不敷出。后来，奶奶也来了西安，一家九口的大家庭，挤在30多平方米的斗室里。父亲一心扑在工作上，家里全靠母亲勤俭持家，日夜操劳，同时她还要上班工作。在那缺衣少食的困难岁月里，虽全家节衣缩食，一日三餐干稀搭配，新三年旧三年，缝缝补补兄弟接着穿，但日子过得热热乎乎、和和美美。

　　我们兄弟妹六个就是从小在大铺板床上滚大的。平时放学回家，掀起铺盖，就是写作业的书桌；吃饭时，坐在一溜小板凳上，又成了餐桌。家里借来的那张白坯三屉桌，是专属父亲的领地。夜深了，我们还常常见他坐在台灯下写写画画，修改图纸……在我们的印象中，父亲每天都有忙不完的工作，经常晚上下班回家，匆匆忙忙扒拉几口饭，又心急火燎地赶到厂里去了，不是下车间就是开会研究工作，组织技术人员攻克难关，等他深更半夜回家，我们早就睡着了；第二天一早我们还没有起床，父亲早就没影了。父亲在大型国企一干就是35年，直到1989年，父亲已经66岁了，才从陕西建设机械集团公司总工程师任上退下来。他毕生为科技兴陕呕心沥血，从一个土木工程师成为大型钢结构工程和建筑机械的专家。

　　然而，在"文革"中，父亲受到了冲击和批判，被扣上"反动技术权威"和"技术黑线头目"的帽子，下放农场劳动。直到改革开放后，父亲又挑起了全厂生产技术工作的重担，虽已年过半百，但他却又像回到了当年，重新焕发了"青春"的活力。他，老当益壮，夙兴夜寐，一心要把被耽误的时间夺回来。他为企业的技术革新和技术改造，殚精竭虑，发愤图强，迎来了人生的又一个辉煌时期。

为了追回"文革"中失去的宝贵时间，属牛的父亲就像老黄牛一样，不用扬鞭自奋蹄，成为企业技术创新、转型升级的顶梁柱。他带领科技人员开发研制了"建设"牌JS型翻斗车系列产品，以及可以代替人力打夯的H型手扶蛙式夯土机等建筑机械，填补了当时国内建筑机械行业的空白。这两种建筑机械当时被业界广泛应用，在建筑业界被通俗形象地称为"咚咚机"和"嘭嘭机"，畅销国内外市场，出口40多个国家和地区，曾遍及全国大小军事、民用建筑工地以及援外工程的工地，以其独特的产品性能在建筑施工中发挥了重要作用，翻斗车系列产品曾荣获全国第二次科学大会技术进步质量银奖。

父亲作为全国建筑机械专家，曾先后被聘为中国建筑机械制造业的权威杂志《建筑机械》第一、第二届编委，西安交通大学机械系焊接专业特聘专家等。到了退休年龄，父亲还被企业当作"宝"，一再被挽留，继续为攻关项目把关，并搞好技术队伍的"传帮带"。父亲退休后，仍一直担任陕西建设机械集团公司顾问，继续为这个诞生于"一五"时期的大型国企的发展出谋划策。

直至今天，父亲曾倾注心血的西安灞桥热电厂、三门峡、青铜峡水利枢纽工程和风陵渡铁路黄河大桥仍在造福于人民；他在新时期为之提供技术保障的陕飞公司总装车间65米大跨度钢结构屋架、西安变压器厂钢结构厂房、陕西体育馆钢网架屋顶以及秦始皇兵马俑一号坑钢结构网架屋顶等重点配套工程，仍被业界称为钢结构的杰作；他主持开发研制的翻斗车等建筑机械，仍在建筑施工中继续发挥着重要作用……父亲虽少小就离开了故乡宁波，但他青年时代参加建造的宁波军用飞机场，至今仍驻扎着英雄的东海舰队航空兵部队。父亲作为宁波籍著名专家，载入了介绍宁波帮故里的《人文庄市》一书。

当年，有件事一直给我们留下了很深刻的印象。大哥有一次在三屉桌上做作业，顺手拿过父亲厂里的半本便笺打草稿，用完后顺便揣在书包里就回学校了。大哥是住校生，周末刚回家，父亲就把我们弟兄几个叫在一起，严肃地问："是谁拿了桌子上的公家便笺？"大哥大大咧咧地从书包里拿了出来，满不在乎地说："是我拿去打草稿了呀。"没想到父亲严厉地批评道："你怎么能随便把公家的东西拿去用呢？那上面印着厂名，人家看了会怎么想？你们不能从小学会贪小便宜！"接着又跟我们约法三章，不许跟同学们互相攀比，不许在厂里假借他的名义办任何私事，不许把公家的东西随便拿来用。

那个年代，虽然没有那么多的廉政教育，但对干部的要求一直是很严格的，即使这样，在运动中还免不了要你"灵魂深处闹革命"。记得"文革"前搞"四清"，父亲厂里要求领导干部自我反省检查，必须人人过关，父亲的自我检查写了一遍又一遍，还是通不过，因为他实在想不出有什么"多吃多占"公家便宜的事情，可是组织上认为你这是轻描淡写，仍然要你不断"斗私批修"。我们看到父亲那阵子心烦不已,因为生产技术上的一大堆问题亟待解决,却耗在这些鸡毛蒜皮的事情上纠缠不清。于是,大哥就对父亲说,您把检查报告改好后,我帮您誊抄吧。父亲说:好吧,你看写得还不够深刻的地方,就随便加上几句吧,我实在不知道该怎样写才能过关了。

看了父亲改了一遍又一遍的草稿,大哥才知道这种"自我检查"必须小事放大,上纲上线才能过关。抄着抄着,他不禁哑然失笑,父亲实在没啥可写的,连孩子用公家便笺打草稿的事情也十分认真地做了一番检查,说没有教育好子女,擅自占用了公物。大哥想,明明父亲当时已经狠狠批评教育了我们的,怎么还要做检查?他想,反正不是什么大事,干脆就再往大里说吧,于是就胡乱添加起来:如果孩子从小不教育好,小洞不补,大洞吃苦,长大了就会如何如何……红色江山就会变色,云云。

还有一件事,在那个饥荒年代,肚子吃不饱,于是大家在家属院的边边角角开荒挖地种庄稼,父亲也反省了我们家在院子的公家地里种了点儿麦子、茄子什么的,还搭个茅草棚,养了一群兔子和一只山羊……大哥想,难道连这种生产自救的行为,也要上纲上线?于是又接着深挖了几句:这是小农思想作怪,一间茅草棚、一分蔬菜地侵蚀了无产阶级先锋队的坚强斗志,云云。后来父亲也没细看,就送上去交差了,没想到这一次竟然通过了。大哥暗自忍俊不禁,难道是这些"狠批私字一闪念"的文字歪打正着,算是检查得比较深刻了吗?后来,一贯克己奉公、严于律己的父亲在"文革"中还是难逃厄运,又开始一遍遍地写着没完没了的检查……

今天看来，那种无限上纲上线的检查有点儿近乎"黑色幽默"，但在极左思潮横行的特殊年代，却是见怪不怪的。然而，父亲一辈子慎独自律，他教育我们即使公家的一张便笺也不能拿来私用。这种较真的态度，今天想起来，仍是多么的难能可贵。"千里之堤，溃于蚁穴。"反腐倡廉就应该注重防微杜渐，更应该从制度上加强监督机制。为什么我们的政治运动一直不断，但仍有那么多贪腐的高官会走到身败名裂这一步呢？个中的教训是深刻的。

父亲晚年退休后，一直拿着为数不多的退休金。其实，他参加革命工作时正当上海解放前夜，后来不知什么原因，档案里写的报到日子却迟了几天，于是变成了"解放后"。当时，他根本就不在意，谁知按照国家后来的政策，仅差几天时间，离休和退休的待遇就大不相同了。父亲的一个同事看到不少在外地一起参加革命的都纷纷变成了离休待遇，就找到父亲，希望彼此能写个书面证明，去确认和争取一下离休待遇。但父亲说：几十年都默认了，现在为了去争一点儿待遇，有什么必要呢？

父亲就是这样一个十分顶真的老实人。他每个月拿到工资，头一件事情就是交党费。退休后仍是这样，后来住在孩子那里离厂里远了，每到退休金打到卡上的日子，他为了及时交党费，宁可挤公交车往返两个多小时，也不肯让别人代劳。2008年汶川大地震，父亲已病重卧床却心系灾区，仍然牵挂着要向组织交上一笔特殊的党费。

行文至此，我们不禁又翻出父亲生前亲笔抄录的陈毅元帅《手莫伸》的诗句。琐忆往事，百感交集。时间的流水会冲走许多东西，但前辈的谆谆告诫务必谨记。清清白白做人，勤勤恳恳做事。——这就是父亲留给我们后辈的遗训。

父亲虽然离开了我们，但他的高风亮节和奉献精神，将永远铭刻在我们心中。这是留给我们儿孙的宝贵遗产，必将成为弥足珍贵的"传家宝"。父亲生前"润物细无声"的言传身教，始终激励着我们自强不息。我们儿辈六人，恪遵庭训，积极上进，历经动乱，刻苦学习，分别获得博士、硕士、本科等学历，五人加入中国共产党、一人加入中国民主同盟。如今分别在党政机关、教师、工程师、经济管理和新闻采编等岗位上事业有成；孙辈七人先后都接受了高等教育，其中三人先后出国留学，攻读硕士、博士学位，外孙从同济大学本科毕业赴美留学读研，大多已学成就业，孙辈中有企业高级经济师、国企管理人员、重点高校教师和全球跨国公司管理人员等；重孙辈们正健康幸福地成长……

敬爱的父亲，您86岁匆匆辞别了这片曾奉献了后半生的热土，心系三秦情未了……今天，我们谨以此告慰您在天之灵：您的遗志必将得到继承，您的精神必将得到弘扬，儿孙们一定不负您生前的殷切期冀，把我们爱国敬业、仁爱奉公、淡泊豁达、尊老爱幼、勤俭持家的好家风传承下去！

　　　　　　　　写于先父九十虚岁诞辰前夕

（发表于新华网《陕西频道》2014年9月23日）

挖掘故乡的文化记忆

桂维诚

假期里，我给学生们布置了一个社会实践作业，要求大家利用春节走亲访友的机会，做一次"寻根之旅"。学生们循着故乡老地名的记忆，走进了祖祖辈辈生活过的那片土地。他们通过实地踏勘访问和查阅资料，开学后交上了一份份沉甸甸的作业，其中既有对昔日历史的追述，又有实地拍摄的照片，图文并茂，精彩纷呈，于是集成了一本《寻根之旅》，这就是践行"大语文"的可喜成果。

地名，是时代的产物，又具有相对稳定性，因而能保留很多历史信息。一个老地名，不单单代表着一处老地方，更是这片土地历史文化的载体；老地名的背后，有着多少童年的歌谣、动人的故事和古老的传说！地名，还是很有价值的资料，它有助于认识当地的特殊地理景观和村落聚居的起源，还常常反映着当地的自然地理或人文地理特征。着力于对老地名的位置进行考证，或利用地名推测当地在不同历史时期的自然和人文地理景观、研究区域开发的历史和地理演变等，都是很有意义的事情。

人们生活在一个地方，总会记得自己住在哪一条小巷，更难忘老辈人说过的小巷的由来，这些地名就像烙印一样刻在心灵深处。如今道路拓宽了，村落消失了，再过数年，也许连地名也就此消亡，以后就再没人记得那些历史了。阿拉宁波人把地名称作"地脚印"，颇有深意，有了地名，就能循着前辈的脚印，找到回家的路。如果多年漂泊在外的游子叶落归根时，连个地名都找不到了，那该有多么失望啊！

我的故乡鹭林，旧属镇海县西管乡，从1949年10月到1985年10月镇海撤县设区划归江北区，隶属于庄市乡（公社、镇）。我儿时随父母由上海迁居西安，故乡之于我的感受，就是一个遥远的地名。虽然我的先辈们一直居住于此，父亲随爷爷到上海读书之前，也曾在故乡的浃北小学开蒙就读过几年，那是一所位于甬江之畔的小学校，旁边还有一个叫"水月庵"的寺庙。祖母在祖父去世后，也到西安定居了。老人家不识字，要给老家的亲人写信时，常常让已上了几年小学的我代笔。她仔细地拿出包在手帕里的旧信封，指着上面的地址对我说：这就是阿拉老家的"地脚印"。我一看，只有"宁波鹭林"这寥寥几个毛笔字，就问：这能寄到吗？祖母十分肯定地说：没有错，这是你阿爷生前特地给我抄的"地脚印"，你照着写好了。白鹭的"鹭"，树林的"林"——白鹭栖林，多么富有诗意的地名！从此，遥远的故乡在我幼小的心灵里刻下了美好的印记。

1969年，我作为知青，被命运抛回了这个故乡小村。斑驳旧屋的墙壁上刷满了猩红的标语，落款赫然写着"路林大队革委会"。时值隆冬季节，村落内外一片萧瑟，看到自幼烂熟于心的"鹭林"二字，已然"鸟去林空"，我的心仿佛一下子落到了冰窖里。故乡的地名不知何时竟被简化了，多年来我对此一直耿耿于怀。记得"路林市场"初建时，我受托为门楼写招牌字，特地把"路"写成"鹭"

字，谁知上面领导看了，硬说这样写不规范，要我改回去。如今这里成了宁波的水产品交易市场，每每看到"路林市场"的招牌，我仍感到若有所失。

后来，我查过乾隆年间所编的《镇海县志》，得知今宁波大学濒临之江段，古称"拗猛江"，上溯二三里，即"鹭林江"之所在，"甬江绵亘九曲而出大浃口……鹭林回流舒缓，是以沿江五十里多草场。乾隆元年近场居民分疆划界，报垦升科，外筑长堤，堤下凿池、浚浍以资灌溉，堤坚而高，碱潮不能妨，禾黍斥卤，荒荡尽为良田"。先人曾赋予这里一个如此富有诗意的地名，由此不难想象，二三百年前，这里曾是一片白鹭群栖的芦苇林，"鹭林"大概就是由"鹭栖苇林"而得名的吧。明代诗人杨守陈在游甬江后写过一首《秋江别意》，其中有"黄花晚对琼筵落，白鸟寒冲玉帐飞"之句，遥想当年，白鹭一定是经常光顾这里的。如今白鹭已经归来，但地名却没有再改回来。

写下这些对故乡地名的回忆文字，我想说，地名是历史文化教育最直接的老师，也是保护历史文化的最后一道"屏障"。我读着学生们倾注着乡情的笔端流淌出来的文字，带着怀宗追远的心灵温度，不禁心生感动。这些比我小了整整50岁的孩子，走进自己先辈的故土，不仅勾起了对老地名背后蕴含的文化和历史的兴趣，更借此找到了回家的路，来慰藉梦回故里的情思，这是一种多么可贵的传承。

"文章千古事，得失寸心知。"记得在宁波镇海骆驼敬德村，有一座建于清代的颜家桥凉亭，石柱上刻有一副楹联："风雨一亭过客停骖怀陆氏，津梁万古小桥流水忆人家。"尽管字迹已经斑驳，但人们见此便不会忘记故乡那历经沧桑的一桥一亭一石。孩子们写下的这些铭刻着老地名和氏族记忆的文字，不仅是他们的寻根作业，更是为世世代代流传至今的地名留下记录，让它们不至于消亡。一个村庄、一个家族的悠远历史，将吸引与这片土地有着血脉联系的人们引发思乡爱乡的情怀，从而对这些古老而美丽的老地名挥洒诗意的想象，去发掘故乡的文化记忆，进而在一定程度上传承和保护传统文化。

（发表于《宁波晚报》2015年11月11日）

后记

桂维民

且行且吟守初心

生命充满了艰辛，生活不只是苟且，还有诗和远方。人，只要善良纯真还与心灵同在，就能诗意地栖居在大地之上。

年轻时，我也有一个文学梦。中学时代，我担任过校文艺宣传队队长，创作编写过活报剧、群口词、快板书、朗诵诗等一些文艺节目。进工厂后时常也写点诗歌和随笔，发表在企业办的小报上。后来到了机关，一直汲汲于公务，少时的文学梦就渐行渐远了。

诗词是情感的咏叹，更是生命的歌唱。我上中学的时候没有什么书可读，看到一些古诗词就反复吟诵，慢慢地就对古体诗有了兴趣。在自己多年的人生经历中，阅人处事，游览山水，时有所思；读书著文，偶得感悟；一时兴起，吟哦几句。历年来凑成这一些诗稿，多为自娱之作，聊以备忘，仅与亲朋切磋或诗友酬和，而很少示人，更鲜有发表。

2015年夏天，我与几位朋友相约，走进西部考察"一带一路"的发展商机，从黄土高原驱车进入青藏高原的东部，寻访传说中格萨尔王的故乡。从母亲河的源头，到离太阳最近的高原，处处风光无限，充满了诗情画意。于是，隐藏在内心的那份久违的诗情又抬起头来，一路行吟，凑成了几组即兴之作，发到微信朋友圈里自娱自乐。结果，被媒体朋友索去而见诸报端。有朋友读后，提议我可将多年的诗稿辑录成集，公之同好，与大家分享。笔者遂检点箧匣，搜罗再三，辑成四卷旧体诗词。除了"诗书传家"篇辑录了我们大家庭四代至亲的诗文外，"且行且吟""履职展痕""岁月抒怀"三卷所录旧稿，多系瞬间记忆，三言两语，率尔吟成，或因事悟理，或借古鉴今，或缘景抒情，或援例感怀，虽参照《中华新韵》等新编韵书用韵（旧读入声字仍按例作仄声），而诗词格律未及细加推敲，必有不少失当舛误之处。时过境迁，而今结集付梓，诚乞读者雅正。

在诗稿修改编辑过程中，承蒙中共陕西省委原书记、中华诗词学会和中国散曲学会顾问、陕西诗词学会名誉会长张勃兴先生悉心指导并作序，为此向尊敬的老领导谨表谢忱！

同时，陕西省文联原副主席、陕西省德艺双馨艺术家、国家级有突出贡献专家、著名文化学者肖云儒先生对拙作不吝评论赐教，勖勉有加；中国书法家协会原理事、陕西省文联原副主席、书法家协会原主席雷珍民先生欣然命笔，题写书名；著名文化学者、陕西省社会科学院研究员、陕西省企业文化协会会长张培合先生参与策划，还得到旧雨诗友雷涛、李广利、孟建国、陈业荣、路毓贤、蒋明义、孙士淮、路习恩等先生的热情支持。在此特向诸位一并表示衷心的感谢！

　　此外，向为本书出版付出心血的陕西人民出版社编审刘景巍、编辑石继宏女士和装帧设计徐武先生，致以诚挚的谢意！

　　最后，要特别感谢父母多年来给我无微不至的关爱，如今父亲已离开了我们，而耄耋之年的母亲的温暖阳光依然为我照亮心灵之路；还要感谢我的大哥桂维诚、妻子石春兰和大家庭成员的鼎力支持！在全家共同努力下，这些散佚多年的诗文才得以结集出版。从某种意义上说，这本诗集既是圆了自己一个文学梦，也是诗书传家的真实写照。

2015年10月5日